メディアワークス文庫

宿屋の看板娘、公爵令嬢と入れかわる

優木凛々

JN231061

目　次

プロローグ　宿屋の娘マリア

それは丸い月が静かに海を照らす、春の夜のことだった。

宿屋の娘マリアは、いつも通り年の離れた四歳の妹、コレットを寝かしつけていた。

ふかふかの毛布に丸く包《くる》まりながら、コレットが嬉《うれ》しそうにベッドの横に座るマリアを見上げた。

「いつ、うみにいくの？」

マリアは微笑《ほほえ》みながら、コレットの茶色くて柔らかい髪の毛を優しく撫《な》でた。

「もう夜だから、明日行こうね」

「あしたっていつ？」

「寝て起きたら、もう明日よ」

「ふうん……」

布が掛けられたランタンから漏れる柔らかい光が、小さな子ども部屋をゆらゆらと照らし、コレットの茶色の目がとろんとしてくる。

ほどなくして、毛布の小さなふくらみが軽く上下し始め、すうすうという小さな寝息が聞こえてきた。

マリアは音を立てないように立ち上がると、投げ出された小さな手をそっと毛布にしまった。髪の毛を撫でて「おやすみ」と額にキスをする。

そして、明日の朝食の下ごしらえを手伝おうと、ランタンを手に暗い階段を下って厨房《ちゅうぼう》に向かった。

厨房には明かりが灯《とも》っており、作業台の前に二人の人物が座っていた。茶色の髪と目の人の良さそうな中年女性と、同じく茶色の髪と目をした体格の良い髭《ひげ》の中年男性――マリアの母サラと父ディックだ。

(わたしが降りてくるのを待っていたのかな?)

そう思いながら、促されて二人の正面に座ると、ディックが改まったように手を組んだ。

「教会学校にいた、ソフィ先生を覚えているか?」

「赤毛の先生?」

「そうだ。夕方、お前が買い物に行っている間にいらしてな。進学する気があるなら、推薦状を書くと言ってくださったんだ」

突然の話に、マリアは目をぱちくりさせた。

「進学？　わたしが卒業したの、もう五年も前よ？」

「何でも先生は今、大きな街にある大人が行く学校とやらに勧めているらしくてな。お前は優秀な生徒だったから、通ってみたらどうかと勧めてくださったんだ」

　進学ねえ、とマリアは腕を組んで考え込んだ。

「わたし、実を言うと、あまり勉強が好きじゃないのよね」

「そうなのか？」

「うん。机に向かって本を読むのは性に合わないのよ。外で体を動かして働いた方がずっといい」

　それに、とマリアが肩をすくめた。

「計算もできるし、文字の読み書きもできる。正直、勉強する必要も感じないし」

「でもな、お前。先生はもったいないって言ってくださっているんだ」

「そう言ってもらえるのは有難《ありがた》いけど、わたしは今のままで十分よ」

　ディックの横で黙って話を聞いていたサラが、心配そうに口を開いた。

「あんた、もう十九歳だろう。これからどうするつもりだい」

「もちろんこの宿で働くつもりよ」

　間髪を容《い》れず答えるマリアに、サラがため息をついた。

「そう言ってくれるのは嬉しいさ。でもね、何度も言っているが、この宿屋はもう古い。私たちの代で畳んでもいいと思っている。あんたは宿屋に縛られず自由にしていいんだよ。誰か好いた人と結婚したっていい」

そして、思い出したように言った。

「そういえば、南通りの鍛冶屋の息子はどうしたんだい？　祭りに一緒に行こうって誘われたんだろう？」

「あれね、断った」

マリアがあっけらかんと言った。

「自慢話ばっかりで、一緒に居ても面白くないんだもん」

そうかい、とサラが苦笑いする横で、ディックが笑いながら立ち上がった。

「お前の意思はわかった。気が変わったらいつでも言うんだぞ。あと、今日はもう終わったから手伝いはいいぞ」

「じゃあ、わたし、部屋に戻るね」

マリアは立ち上がると、おやすみなさい、と言って、ランタンを手に階段を上った。

二階の端にある自分の部屋に向かう。

そして、部屋に入ってベッドに倒れ込むと、枕に顔をうずめながら、つぶやいた。

「進学、ねえ……」

勉強に興味もないし必要性も感じない。勉強するくらいなら、体を動かして働きたい。

(それに、誰か好いた人と結婚してもいいって言われてもね……)

街の男の子たちを見ていても、どうもピンとこないのだ。誰かと恋をして結婚するなど想像できない。

マリアは身を起こすと、窓から月明かりに照らされた小さな中庭を見下ろした。

彼女はこの宿屋が大好きだ。古くてあちこちガタガタだが、ピカピカに磨き上げられているし、木の香りがしてとても落ち着く。

ぼんやりと中庭をながめながら、マリアは思った。

母は腰を痛めているし、コレットもまだ小さい。しばらくはこのままここで働こう。

「ま、なるようになるでしょ」

マリアは服を脱いだ。頭からネグリジェをバサッとかぶると、灯《あか》りを消してベッドに入り、あっという間に眠りに落ちる。

――いつもと変わらぬ、平和な夜。

だから、この時の彼女は思いもしなかった。

この翌日、まさか自分が王都に住んでいる公爵令嬢と入れ替わってしまうなどということを。

第一章　黄泉の川

春風が心地良い、すっきりと晴れた朝。

白壁にオレンジ色の屋根が可愛《かわい》らしい、小さな宿ふくろう亭の入口にて。エプロン姿のマリアが、出発する人たちを見送っていた。

大きな荷物を背負った商人たちが、笑顔で手を振った。

「マリアちゃん、また寄らしてもらうよ」

「お世話になったね。また来るよ」

マリアが、「また来てくださいね！」と、にこにこしながら手を振り返す。

そして、坂を下る彼らの姿が見えなくなると、キラキラ光る街のオレンジ色の屋根と、その先に見える青い海とをながめながら、大きく伸びをした。

「うーん、今日もいい天気ね」

この街の名前は、タナトス。リベリアナ王国の最南端にある半島に位置する、坂の多い港町だ。

彼女はしばらく海をながめたあと、宿の中に入った。カウンター奥に置いてある大きな籠を手に取る。そして、ガランとした宿屋の奥に向かって「市場行ってくる！」と声を掛けると、元気よく外に飛び出した。

緑の蔦《つた》とピンク色のブーゲンビリアに囲まれた狭い路地を抜け、青い海に続く坂道を走るように下っていく。

そして、坂を下り切り、彼女は港の近くで開かれているにぎやかな朝市通りに到着した。道の両側には屋台が所狭しと並んでおり、買い物客でごったがえしている。

マリアは人混みの中を縫うように、いつも行く店に向かった。威勢の良いスキンヘッドの店主が勧める魚を買うと、「ありがとね！」とお礼を言って、宿に戻るために坂を上り始める。途中で息が上がってくるが、休むことなくどんどん上がる。

そして、「ただいま！」と宿屋に戻ると、母のサラが、入口近くのカウンターに座って帳簿を見ていた。彼女はマリアを見ると、よっこらしょと立ち上がった。

「市に行ってくれたんだね。ありがとうよ」

「いいのよ。母さんはコレットを見ていて。わたしは客室の掃除やっちゃうから」

「ありがとう。頼んだよ」

マリアは、掃除道具と洗ってあるシーツを抱えて、元気よく二階に上がった。並んでいる客室の一つに入ると、鼻歌まじりに窓を開け、手早く掃除を済ませていく。

全ての部屋の掃除を済ませた後は、厨房で父ディックの手伝いを始める。ジャガイモを洗って皮を剝《む》き、玉ねぎを小さく刻んでいく。

そして、次はニンジンを切ろうと、まな板を流し場で洗っていた、そのとき。

「おねえちゃん！　あたし、いいものもらったよ！」

後ろから、妹のコレットがぶつかってきた。振り向くと、コレットが嬉しそうに両手を掲げて持っている箱をマリアに見せた。

「これ！」

「あら、どうしたの？」

それは、茶色の高そうな紙箱だった。大きさはコレットの顔ほどで、滅多に見ない高級そうな赤いリボンが結ばれている。

マリアが箱をまじまじと見ていると、後ろからゆっくりと歩いてきたサラが笑顔で口を開いた。

「昨日泊まっていた眼鏡のお客さん、覚えているかい？　あんたの目の色を綺麗《きれい》だって褒めてくれた人だよ」

「ああ、あの身なりのいい男の人」

「そうそう、あの人がね、帰りがけにコレットにくれたんだよ。なんでも取引先からもらったけど旅の邪魔になってしまうから、お世話になった宿のみんなに食べて欲しいんだってさ」

コレットが、自慢げに胸を張った。

「おうとでは流行《はやっ》てる、おかし、だって！」

「ふうん」と、マリアは箱を珍しそうに見た。ここタナトスは王都から遠く離れているから、流行ものなど滅多に手に入らない。これは楽しみだ。

ディックが、ニカッと笑った。

「マリア、ここはもういいから、二階で茶でもして休憩したらどうだ。朝から働きづめだろう？」

「いいの？」

「ああ、今日はもう十分だ。ありがとうな」

コレットが「わあい、おちゃ！」と嬉しそうに飛び跳ねながら、サラに連れられて二階に上がっていく。

マリアは、ウキウキとお茶を淹《い》れると、ポットとカップが載ったお盆を持って二階に上がった。住居部分の居間に入ると、コレットがわくわくした顔でテーブルの上の箱をながめていた。

「いいにおいがする！」

お茶をテーブルに置くと、マリアは身を屈《かが》めて鼻を箱に近づけた。確かにとてつもなく甘くて良い香りが漂ってくる。

サラが、感心したように言った。

「においまで高そうなんて。さすがは王都の流行《はや》りだよ」

「あけてみようよ！」

「そうだね、開けようか」

サラが箱を開くと、中は小さく仕切られており、びっくりするほど美味《おい》しそうなチョコレートが、十六粒入っていた。

「おいしそう！」

「綺麗だねえ。これはトリュフチョコレートってやつだね」

「サラ母さん、食べたことあるの？」

「前に結婚式に出たのを食べたことがあるよ。とても美味しかったよ」

マリアは、ゴクリと唾を飲み込んだ。これは期待できそうだと、いそいそとお茶をカップに注ぐ。

そして、三人は座ると、「いただきます」と、わくわくしながらチョコレートに手を伸ばした。

コレットが目を見開いた。

「おいしいね！」

「本当だね、こりゃ前に食べたのよりもずっと美味しいよ」

マリアは、一粒口に入れた。中はねっとりとした食感で、濃厚なチョコレートの香りと花のような華やかな香りが鼻から抜ける。こんな美味しいチョコレートは食べたことがない。思わず、うっとりした表情になる。

「お貴族様のお菓子なのかな。すごく美味しい」

「そうだねえ、あの人達はいつも美味しい物を食べてるって話だから」

そんな会話をしつつ、ゆっくりと味わいながら食べる。

そして、食べ始めてから十分ほどしたころ。

（……あれ？）

マリアは眉をひそめた。何となくお腹《なか》のあたりが熱い気がする。どうしたのだろうと片手でさすっていると、サラが不思議そうな顔をした。

「何してるんだい？」

「よくわからないけど、何だかここが熱い気がして。……二人は大丈夫？」

「ああ、特に何ともないね」

「ないよー！」

何事もなさそうに二人が首を横に振るのを見て、わたしだけみたいね、と思いながら、マリアは冷たくなったお茶を飲んだ。少しでも熱さが和らげばと思ったのだが、熱さは一向に消えない。それどころか、どんどん熱さが増していく。そして。

「……っ！」

突然、カッと全身が熱くなり、目の前がぐにゃりと歪《ゆが》んだ。力が一気に抜け、ドサッと椅子から転げ落ちる。

「どうしたんだい！　マリア！」

「おねえちゃん！」

小さな宿屋に、二人の悲鳴がこだまする。

「な、なんだ！」

ディックが、すごい勢いで二階に駆け上がってきた。

「どうしたんだ、一体！」

「わからない、マリアが急に倒れて！」

「おねえちゃん！　おねえちゃん！」

マリアは何とか目を開けると、泣きじゃくるコレットを見た。大丈夫と言おうとするが、痺《しび》れたような感覚がして声が出ない。そして、どんどん気が遠くなり……。

「マリア！　しっかりおし！」

「医者だ！　医者を呼んでくる！」

「おねえちゃん！」

家族たちの必死な叫び声を聞きながら、彼女は意識を失った。

◇◇◇

どのくらい時間が経《た》ったのか。

マリアが、ふと目を開けると、彼女はゴツゴツした何かの上に仰向けに寝ていた。

目の前には真っ白な空間が広がっている。

「……え、ここどこ？」

驚いて起き上がると、そこは見たこともない場所だった。

白い空に太陽のような黒く光る丸いもの。すぐ脇には、灰色の広い川が流れており、両岸には白い砂利の河原と黒々とした森が広がっている。周囲はシンと静まり返っており、ただ川がサラサラと流れる音が聞こえてくるだけだ。

「……な、何ここ？」

見たことのない白黒の世界を前に、彼女は混乱した。ここがどこだかわからないし、なぜいるのかも、どうやって来たのかもわからない。

不安でいっぱいになるものの、彼女は深呼吸した。

「こ、こういう時こそ落ち着きが大事よ。と、とりあえず落ち着いて……」

スーハースーハーと深く呼吸をして、何とか心を静める。そして、自分がどうしてこんな見知らぬ所にいるのか思い出そうとして、マリアはビクリと肩を震わせた。

（……そうだ、わたし、お茶の時間に倒れたんだった。急にお腹のあたりが熱くなって気が遠くなって……）

ここまで思い出し、マリアは改めて周囲を見回した。目に入ってくるのは、非現実的な白黒の世界に、眼前を流れる灰色の川だ。

（…………）

彼女は、ごくりと唾を飲み込んだ。

この世のものとは思えない光景と、自分が倒れたという事実から推測するに、もしかしてここはあの有名な「生死の境をさまよっている人間が辿《たど》り着《つ》く」という『黄泉《よみ》の川』なんじゃないだろうか。

（……うそっ！）

彼女は青くなった。ここにいるということは、自分は生きるか死ぬかの瀬戸際にいるということじゃないか！

（まずい、まずいわ！　ここで死ぬわけにはいかない！）

脳裏に浮かぶのは、優しい父母の顔。親より先に死ぬなんて、最低の親不孝だ。

彼女は、ガバッと立ち上がると、灰色の川に沿って砂利の上を走り始めた。

（何とか戻らないと！）

よく聞くのが、「黄泉の川の畔《ほとり》を彷徨《さまよ》っていたら、誰かが呼ぶ声が聞こえてきて、その声の方向に行ったら目が覚めた」という話だ。ということは、きっとどこかに出口があるに違いない。

（どこなの、出口⁉）

彼女は必死で出口を探した。永遠に続くかに見える河原を疾走し、灰色の川や真っ黒な森の中に目を走らせる。静かな河原に、彼女が砂利を蹴り上げる音が響き渡る。

しかし、どこまで進んでも白と黒の似たような景色ばかりで、出口らしきものは見当たらない。

そして走ること、しばし。マリアは遂《つい》に力尽きて立ち止まった。

（と、とりあえず、少し休もう）

肩で息をしながら、座り込んで胸に手を当てて呼吸を整える。

そして、呼吸がようやく落ち着き、これからどうするべきかと必死に頭を働かせていた、そのとき。

ザバザバザバッ。と、突然背後から、大きな水音が聞こえてきた。

何の音かと驚いて振り返り、彼女は目を丸くした。

一体いつ現れたのか、そこにいたのは、ドレスを着た見知らぬ少女だった。少し離れた川の中を、スカートが水浸しになるのも構わず、バシャバシャと対岸に向かって歩いている。

「え！」と、マリアは思わず驚愕《きょうがく》の声を上げた。

黄泉の川の対岸は、死んだ人の国だと言われている。対岸に渡ってしまったら、きっと戻ってこられなくなる。

「止めないと！」

彼女は迷うことなく、バシャンと川に入った。水音を立てながら少女に走り寄って、その細い腕を掴《つか》んだ。

「ちょっと！　あなた、そっちに行くと死んじゃうわよ！」

少女が、ビクリと肩を震わせてマリアを見る。

その顔を見て、マリアは思わず目を見開いた。

（……っ！　なんて綺麗な子なの）

それは淡い水色の髪と瞳をした美しい少女だった。年齢は自分よりも少し下くらいで、冷たい印象を受けるほど顔立ちが整っている。

少女はマリアを見て一瞬驚いたような顔をするものの、すぐに視線を逸《そ》らして再び対岸の方に進み始める。

マリアは、慌てて両手で少女の腕を掴んで引っ張った。

「待ちなさいって！　あなた死んじゃうわよ！」

少女が、視線を対岸に向けたまま、絞り出すような声で叫んだ。

「放っておいてください！　家族に見捨てられ、婚約者には裏切られ、邪魔になったら毒を盛られる、そんな人生など生きている意味がないのです！」

細い体からは考えられないような力で進み始める少女を、マリアは渾身《こんしん》の力で引っ張りながら叫んだ。

「生きている意味は絶対にあるって！」

「そんなものありませんわ！　ありませんのよ！」

二人は、静かに流れる黄泉の川の上で揉《も》み合《あ》い始めた。バシャバシャと水音を立てながら、お互い一歩も譲らない攻防が続く。

そして、「もういい加減に諦めなさいよ！」「あなたこそ諦めてください！」というよくわからない会話をしながら、引いたり引かれたりをしていた、そのとき。

【シャーロット様！】

マリアの後方の空から、女性の声が響いてきた。

続いて前方の空から、

【しっかりしろ！　マリア！】

【あんた！　しっかりおし！】

【おねえちゃん！】

という聞き慣れた声が響いてくる。

少女を両手で引っ張りながら、マリアは胸を撫でおろした。これはもしかすると、戻れる感じかもしれない。

（良かった……、帰れそう）

彼女は、何とか対岸に進もうとする少女の手を引っ張りながら叫んだ。

「シャーロットってあなたでしょ！　心配して呼んでるじゃない、帰りましょう！」

そして、自分を呼ぶ声の方向に顔を向けて、「こっちよ！」と叫び返そうとした、そのとき。

（……え？）

マリアの体が、ふわりと浮かび上がった。

一緒にいた少女も同様で、目を白黒させながら川の上にぷかりと浮いている。

そして、次の瞬間。

何か見えない力のようなものが、マリアを後方――【シャーロット様！】という声がする方向に引っ張った。

「え⁉」

マリアの体が、ものすごい勢いで後方に吹っ飛ぶ。

少女も同様で、オロオロしながら【マリア！】と呼ばれている方角に、後ろ向きに吹っ飛ばされている。

すごい勢いで上空に飛ばされながら、マリアは焦って足をバタバタさせた。

「ちょ、ちょっと！　わたしはマリアよ！　シャーロットじゃないわ！」

叫びながら必死にもがくものの、勢いは止まらない。後ろ向きのまま、【シャーロット様！」と声のする空に、凄《すご》いスピードで吸い込まれていく。

――そして、しばらく意識が途切れたあと。

「……ロット様！　シャーロット様！」

マリアが重い瞼《まぶた》を開けると、見たことのない若い女性が、泣きそうな顔でマリアの顔をのぞき込んでいた。

次の瞬間、プンと消毒薬の匂いが漂ってくる。

若い女性は、マリアが目を開けたのを見て、心から安堵《あんど》した表情を浮かべた。

「先生！　お嬢様が気付かれました！」

「……！　そうか！　それは良かった！」

頭上から、ホッとしたような年配の男性の声が降ってくる。

見知らぬ若い女性が涙ぐむ様子をボーッとながめながら、マリアは思った。この非現実的な感じはきっと夢だ。寝て起きたら、何事もなかったように、いつもの小さな自分の部屋で目が覚めるに違いない。

（きっとそうだわ……）

そんなことを考えながらも、どんどん瞼が重くなっていく。

そして、女性の「気が付かれて本当に良かったです」という声を聞きながら、彼女は深い眠りに落ちていった。

第二章　マリア、公爵令嬢と入れかわる

高そうな家具や調度品が並べられている、金箔《きんぱく》入りの壁紙が貼られた広くて豪華な部屋の中にて。

白いレースのネグリジェを着た、淡い水色髪の優美な少女が、眉間にしわを寄せながら落ち着きなく歩き回っていた。

彼女の名前は、シャーロット・エイベル。名門エイベル公爵家の長女、十六歳だ。

そして大変残念なことに、その中身は、港町タナトスにある宿ふくろう亭の看板娘マリアであった。

夢かと思いきや、彼女は黄泉の川で会った少女――シャーロットと体が入れ替わってしまっていた。原因は、間違いなく黄泉の川でもみ合ったことだろう。

(大変なことになってしまった……)

マリアは、ため息をついた。無事に黄泉の川から脱出できたのは良かった。でも、別の体に入ってしまったのは想定外過ぎる。

(……はあ、どうしよう)

(何とかして早く元に戻らないと……)

宿屋はこれからどんどん忙しくなる。自分がいなければ、せっかく良くなった母の腰がまた悪くなってしまう。

この体の持ち主だって困っているに違いないし、娘の中身が、平民の小娘と入れ替わっているなんて知ったら、この家の人たちも怒るに違いない。

(しかも、この家、よりにもよってお貴族様なのよね……)

貴族とは、この国を牛耳っている特権階級の人々のことだ。

酒屋のおばさんの話によると、彼らは税金を使って遊び惚《ほう》けており、気に入らないことがあると、魔法という貴族しか使えない不思議な力で、家や人を燃やしたりするらしい。

その話を思い出して、マリアは思わず身震いした。噂《うわさ》が本当なら、宿屋を燃やされかねない。何としてでもバレないうちに元に戻らなければ。

(……でも、どうしたらいいんだろう)

懸命に考えているものの、戻る手段が全く思いつかない。

ちなみに、部屋に来て世話をしてくれる、ララという茶色の髪の大人しそうなメイドさんによると、シャーロットはお茶の時間に急に倒れて、丸一日意識を失っていたらしい。

（多分、わたしと同じタイミングで倒れたのね）

だから黄泉の川で会ったのだろうと推測はできたが、元に戻る方法を思いつくには至らない。川の中で、彼女が必死に何か叫んでいた気がするものの、内容までは思い出せない。

そして、何も思いつかないまま一日が過ぎ、焦って部屋をウロウロする羽目になっている、という次第だ。

「はあ……」

マリアは、何十度目かのため息をついた。何をすれば戻れるのか全くわからない。

そして頭を抱えて、うんうんと唸《うな》っていた、そのとき。

コンコンコン。と、ドアを控えめにノックする音が聞こえてきた。

「……どうぞ」

素早くベッドにもぐりこみながら返事をすると、ドアが開いて、ワゴンを押した前髪が少し長めのお下げの少女——メイドのララが入ってきた。

彼女はベッドに横たわるマリアを見ると、嬉しそうに微笑んだ。

「顔色が良くなられましたね。お加減はいかがですか」

「だいぶ良いようよ」

「ええっと、あの、……記憶の方はどうですか？」

「まあまあかしら」

ララが、ホッとした顔をした。

「それは良かったです。ええっと、じゃあ、お食事にしますね」

「ありがとう」

ララは、はにかんだように微笑むと、手早くマリアが体を起こすのを助けた。肩にショールを掛け、膝の上に食事が載った猫足付きのトレイを載せる。

「あの、じゃあ、また来ますね」

「わかったわ。ありがとう」

ララが頭を下げて忙しそうに出て行く。

そして、ドアがバタンと閉まってしばらくして。マリアは「はあ」と大きなため息をつくと、両手で顔を覆った。

(辛《つら》い……、辛すぎる、この生活)

入れ替わって二日目、マリアは憔悴《しょうすい》していた。何と言うか、貴族令嬢生活が辛すぎるのだ。

ちなみに、魂的なものだけが入れ替わった状態らしく、シャーロットが持っている記憶を覗《のぞ》くことは可能で、例えば、「このメイドは誰か」と、意識的に思い出そうとすれば、「名前はララ、年齢は十八歳、十歳の頃から仕えてくれている」といった情報が、頭の中に浮かんでくる。

他にも体が色々と覚えているようで、テーブルマナーなどの所作も自然とできているし、言葉遣いについても気を付けて話せば、丁寧な貴族っぽい言葉に変換されて口から出てくる感じだ。

さすがに普段から一緒に居るララは違和感を覚えたようだが、とっさに口にした「記憶が曖昧」という言い訳に、きっと高熱のせいだろうと納得してくれた。

――とまあ、こんな感じで、中身が入れ替わったことがバレないようにと、誤魔化しながら大人しくしているのだが、これが辛いのだ。

(こんなに人に世話をしてもらうなんて、子どもの時以来よ)

上げ膳据え膳で、自分がするのは食べることだけ。

体調が悪いことに気を遣ってか、ララとお医者様以外は誰も部屋に来ないから、やっていることといえば、寝るか、「どうやったら戻れるか」を考えるくらい。毎日宿屋で忙しく働いていたマリアには、耐えられない生活だ。

（それに……、何かこの部屋、地味に汚れていて落ち着かないのよね）

一見豪華な部屋なのだが、棚や置物の上にはうっすら埃《ほこり》が溜《た》まっているし、よく見ると、床には糸くずのようなものが落ちている。備え付けられているバスルームも微妙に汚い。自分が掃除している宿屋の部屋の方が断然きれいだ。

恐らく、寝ているから遠慮して掃除に入っていないのだろうが、こう汚れていると、掃除したくてたまらなくなってしまう。

（それに、この食事も何だかなあって感じよね）

彼女は、目の前のトレイに暗いまなざしを送った。

倒れたとはいえ、回復してかなり経っている。そろそろ普通の物を食べても良いと思うのだが、トレイに載せられているのは、何ともお腹に良さそうな薄いスープと、シンプルなパンと水だけ。宿屋の朝食の方がずっと豪華だ。

（多分、まだ胃が弱っていると思って気を遣ってくれているのだろうけど、そろそろガッツリ肉でも食べたい）

早く帰りたい、と悲しい気持ちで、もぐもぐと質素な食事をとる。

そして、ふと思った。

（……シャーロットの記憶を、もっと見てみたらどうだろう）

片田舎にある宿屋の娘であるマリアに対し、シャーロットは貴族の令嬢だ。きっと学もあるだろうから、記憶を隅々まで見れば、元に戻るためのヒントがあるかもしれない。

そんなことを考えるものの、マリアは頭を横に振った。

（……さすがに人様の記憶を勝手に見るのは、良くないことよね）

人には知られたくないことがあるはずだ。それを覗き見るようなことは、自分もされたくないし、きっと彼女もされたくないだろう。

彼女は決めた。

（記憶を覗くのは、なるべくやめよう）

人の名前とか、そういう最低限の情報は見る必要があるが、他はなるべく見ないで過ごそう。お貴族様なら、家に本とかそういうものがあるだろうから、きっと戻る方法を調べられる。

マリアがそんなことを考えていた、そのとき。

ヒヒーン。と窓の外から、馬の嘶《いなな》く声が聞こえてきた。

何だろうとベッドから降りて窓の外をのぞくと、すぐ下に二頭立ての立派な馬車が停《と》まっていた。

（すごい！　あんな立派な馬車、初めて見た！）

もっとよく見たいと、曇った窓を開けていると、馬車から見たこともないほど顔立ちの整った美しい青年が降りてきた。淡い水色の髪と瞳で、上等そうな服をお洒落《しゃれ》に着こなしている。

あれは誰だろうと記憶を探ると、五つ上の兄、クリストファーとのことだった。

（ほえー、さすがはお貴族様って感じ、絵本に出てくる王子様みたい）

感心して見ていると、兄がくるりと振り向いた。マリアの姿を見上げて、ポカンとした表情をする。

マリアは焦った。今の自分はシャーロットだ。実の兄を感心して見ているとか、おかし過ぎる。

ワタワタしていると、続いて茶色い髪の男性が馬車を降りてきた。そして、ポカンとするクリストファーの視線を追って、その冷たく青い目をマリアに向けた。

この渋く顔立ちが整った中年男性が、シャーロットの父だとわかり、マリアはとりあえず挨拶をしなければと声を張り上げた。

「……お、お帰りなさいませ、お父様、お兄様」

兄と父親の目が見開かれ、不思議な沈黙が流れる。

（あれ？　普通にお帰りなさいって言っただけなんだけど）

首をかしげるマリアに、クリストファーが尋ねてきた。

「ええっと、ただいま。体の方は大丈夫なのかい？」

「はい、お陰様で、すっかり元気ですわ」

明るく返事をすると、クリストファーが、ややわざとらしく疑うような顔をした。

「本当に、本当に大丈夫なのかい？」

「ええ、本当です」

何でこんなに確認するのだろうと思いながら答えると、クリストファーが、にっこり笑った。

「それは良かったよ。それなら今日の夕食は問題ないね」

「え？」

「夕食会だよ。大丈夫なら参加できるだろう？」

「……っ」

予想外の言葉に、マリアは思わず固まった。

（一緒に食事なんてしたら、入れ替わったのがバレてしまう！）

何とか断りたいと思うものの、体調に問題がないと言ってしまった手前、断る理由が思いつかないし、断るのも不自然な気がする。

葛藤するマリアを、兄が楽しそうに見る。

そして逡巡《しゅんじゅん》の末、マリアが仕方なく「はい」とうなずくと、彼は楽しそうに笑みを深めた。

「良かった、じゃあ、あとでね」

何が面白いのか、クスクスと笑いながら、無表情な父親と一緒に館に入っていく。

その姿を見送りながら、マリアは虚《うつ》ろな目をした。

「……まずいことになった」

メイドのララですら、十分くらい話して違和感を抱いたのだ。家族だったらすぐにバレるに決まっている。

(これはもう、なるべくしゃべらないようにして、何か言われたら、「高熱で記憶が曖昧」とか誤魔化すしかないよね……)

マリアは深くため息をつくと、憂鬱な気分で窓をそっと閉めた。

◇◇◇

父と兄が帰って来てから数時間後、夜の気配が漂い始めた夕暮れどき。

ランプの明かりの下、マリアは部屋にある大きな姿見で、自分の姿をながめていた。

(この子、本当に綺麗)

水色の美しい髪の毛に同じ色の美しい瞳、なめらかで白い肌、華奢《きゃしゃ》でほっそりした体つき。滅多に見られないような美少女だ。

(これでドレスさえもっと良ければ、女神様みたいになるのに……)

マリアは残念な気持ちで、身に着けている派手なピンク色のドレスを見下ろした。

少し前に、初めて見るメイドが「奥様が、今日のお食事の時に着るようにとのことです」と置いていったので、着てみたのだが……。

(何で、こんな合わないドレスを着させるんだろう)

見かけは綺麗だが、よく見ると繕ったような跡があるし、腰回りはブカブカで体に合っていない。どう見ても誰かのお古だ。

もっとマシなドレスはないのかしらと、部屋にあるクローゼットを開けたのだが、中に入っていたのは、見るからに古そうなドレスが数着だけ。今着ているピンク色の方がまだマシだ。

マリアは意外に思った。

(貴族のお嬢様のクローゼットって、華麗なドレスがパンパンに詰まっているものだと思ってた)

そして、はっと思い当たった。もしかしてこの家、実は貧乏なんじゃないか、と。

(……そう考えれば辻褄《つじつま》が合う)

貧しい食事も行き届いていない清掃も、きっと貧乏が故だ。いわゆる本に出てくる没落貴族というやつなのかもしれない。

(なるほど、そういうことだったのね)

鏡の前で一人納得する。そして、この感じだと夕食には期待しない方が良さそうだと考える。

ちなみに予備知識なしも困ると思い、夕食会とは何かについて記憶を探ったところ、「家族揃《そろ》っての夕食」を指すということがわかった。記憶によると、シャーロットの父と兄は、月二回程度しか帰って来られないほど忙しいらしい。

(お貴族様って働かずに遊んでばかりと聞いてたけど、そういう訳でもないのかな)

そんなことを考えていると、服を持って来たメイドが呼びにきた。

「シャーロット様、夕食会の時間です」

「……ええ、わかったわ」

いよいよね。とマリアは気を引き締めた。

(会話を避けて、黙って食べよう)

バレそうになったら、病み上がりを理由に早々に部屋に引き上げるか、記憶が曖昧だと言い張ろう。

そんなことを考えながら、彼女はメイドに付いて、所々にランプが灯る薄暗い廊下を歩き始めた。やたら足が速いメイドで、付いて行くのに苦労しつつも、何とか一階に下りる。

そしてやたら長い廊下を走るように進むこと、しばし。目の前に大きな扉が現れた。扉の前に立っていた男性使用人が、仏頂面で扉を開ける。

お礼を言って中に入り、マリアは思わず目を丸くした。

(すごい！　豪華！)

金箔が鏤《ちりば》められた壁紙には、高そうな絵がたくさん飾られており、天井からは美しいシャンデリアが吊《つ》り下《さ》げられている。長いテーブルの上には、細かい細工が美しいロウソク立てやカトラリーが並んでおり、テーブルクロスも実に見事だ。

(お貴族様の食卓、って感じだわ)

そう驚く一方で、彼女は首をかしげた。今まで見て来た貧乏そうな感じは、一体何だったのだろうか。

(場所によって違うのかな?)

そんなことを考えながら、中央の長テーブルに目をやると、四人の人物が目に入った。

正面の席に、冷たい目をした父親が座っており、その右側には、にこにこと笑う兄のクリストファーが座っている。

左側には、豪華なドレスを身に纏《まと》った中年の女性と、ピンク色のふわふわ髪をしたシャーロットと同じ年くらいの少女が並んで座っている。

(初めて見る人たちだわ)

誰かしらと考えていると、中年女性がわざとらしい笑顔を浮かべながら口を開いた。

「シャーロット、ずいぶんと遅い御登場ねえ。お父様を待たせるなんて、あなたも偉くなったものねえ」

その横に座っているピンク色の髪の娘が、蔑むような目でマリアを見る。

マリアは内心眉を顰《ひそ》めた。

(何て感じの悪い人たちなの。それに、どう考えても呼びに来るのが遅かったから遅れたんじゃない)

そう言おうかとも思うが、もしかして案内のメイドが走っていたのは遅刻を怒られたくなかったからかもしれないと思い、口をつぐむ。

使用人に案内されて、兄の隣の椅子に座りながら、この感じの悪い二人は一体誰なんだろうとシャーロットの記憶を探り始める。

そして、それが二年前に母が死んですぐに父が連れてきた、義母と義妹のイリーナだと認識した瞬間、マリアの体が小刻みに震えだした。

(……え？　何？)

初めてのことに、マリアが戸惑っていると、ずっと黙っていた父親が無表情に口を開いた。

「始めよう」

その言葉を合図に、使用人たちが一斉に料理を運んでくる。それぞれの席に置かれたのは、小さな料理がいっぱい載せられた大皿だ。

マリアは内心目を輝かせた。

（まあ！　意外と豪華ね！）

そして、何気なく隣の兄の皿を見て、彼女は首をかしげた。

（あれ、何かむこうの方が美味しそうに見える）

隣の兄の皿の方が、量が多いし色が良いような気がする。

（もしかして、病気だからって加減してくれている？）

気にしなくていいのにと思いながら、マリアはゆっくりと食べ始めた。

（……どれも塩辛いわね。あと、どう考えてもスパイスを使い過ぎてる）

ベーコンが入った卵料理も、ハムやソーセージも、野菜のソテーも全部塩辛い。次に運ばれてきたスープも量が非常に少なく、スパイスを入れ過ぎたような変な味がする上に、これもまた塩辛い。

ちらりと兄を見ると、「今日は特に美味しいですね」と笑顔でスプーンを動かしている。

（……もしかして、お貴族様の間では、こういう塩辛い料理が流行っているのかな）

そう思って何とか食べようとはするものの、とても食べ進められない。

マリアは諦めてフォークを置くと、もそもそと唯一塩辛くないパンを食べ始めた。

（はあ、父さんの料理が食べたいなあ……）

そんなことを思いながら内心ため息をついていると、兄が思い出したように口を開いた。

「そういえば、王宮でバーナム先生から、シャーロットが倒れたって聞いたのだけど、大丈夫かい？」

突然の質問に、マリアは身を固くした。とりあえず、もう大丈夫だと無難に返そうと口を開きかけるが、なぜか斜向《はすむ》かいに座っていた義母に「黙れ」とでもいうような鋭い目を向けられた。

（え？　何？）

マリアが戸惑って黙り込むと、義母がにこやかに口を開いた。

「問題ありませんわ。単なる軽い風邪です」

え。とマリアは固まった。

倒れて丸一日意識不明は、結構な大事じゃないだろうか。というか、倒れた時点で絶対に軽い風邪なんかじゃない。

すると、父親が無表情にマリアに視線を向けた。

「殿下から贈られた青いドレスはどうした」

え。とマリアは再び首をかしげた。

クローゼットにあったのは、古くてボロボロのドレスだけで、誰かに贈られたような青いドレスはなかった。

再び義母がマリアに「黙れ」というように鋭く睨《にら》むと、夫に困ったような顔を向けた。

「どうやら気に入らなかったようですわ。本当に素敵なドレスでしたから、私は似合うと言ったのですが……」

その後、義母が困り顔で、シャーロットがいかに気難しくて我儘《わがまま》な娘かを話し始めた。

父母が会話する横で、義妹のイリーナが意地悪そうな微笑を浮かべながら、要所要所でマリアの悪口を父親に吹き込んでいる。

チラリと壁際に並んでいる使用人たちを見ると、この状況を楽しむように、あざけりの目でマリアを見ている。

そして、それらを全く意に介さず、無感情な様子の父親と兄。

全員が美味しそうに食事を楽しんでおり、手を付けていないのはマリアだけだ。

(……なるほど)

彼女は内心ため息をついた。

思い出したのは、つい先ほどまで忘れていた、黄泉の川でのシャーロットの言葉だ。

『放っておいてください！ 家族に見捨てられ、婚約者には裏切られ、邪魔になったら毒を盛られる、そんな人生など生きている意味がないのです！』

マリアはようやく理解した。

(この子、家で酷《ひど》いいじめを受けていたんだわ)

部屋が汚いのも食事が貧しいのも、病気だからと気を遣われていたのではなく、嫌がらせを受けていたのだ。ララは味方だが、メイドの立場では限界があるのだろう。

義母と義妹イリーナの記憶を探った時に体が震えたのは、きっと恐怖からだ。

義母の耳障りな声を聞きながら、マリアは膝の上で手をギュッと握り締めた。

思い出すのは、成人する二年前の十六歳の時に、会計でうっかり間違いをしてしまい、質《たち》の悪い客に絡まれてしまったときのことだ。

その男を殴って助けてくれた父と他の宿泊客は、ごめんなさいと謝るマリアに笑顔で言った。

「子どもを守るのが大人の役目だ、気にするな」

マリアは思った。

この子は当時のわたしと同じ十六歳の成人前の子どもで、大人に守られるべき存在だ。それなのに、この家の大人たちは寄ってたかって彼女を虐げ、自ら死を望むまで追い詰めた。

(許せない！)

腹の底から湧いてくるのは、激しい怒りだ。マリアは決心した。

(作戦変更よ。誰もこの子を守らないのならば、わたしが守る)

中身が入れ替わっているとバレてしまうかもしれないが、これはそんなことを理由に放っておいて良いことじゃない。

彼女は、躊躇《ちゅうちょ》することなくシャーロットの記憶を探り始めた。義母と義妹について、今回の件について、家族の関係についてなど、ありとあらゆる情報を探る。

そして、言うべきことと今後について考えをまとめると、ぺらぺらとしゃべる義母を遮るように口を開いた。

「お父様、大切な話があるのですが、よろしいでしょうか」

義母が、ギロリとマリアを睨んだ。

「人の話の途中で失礼ですよ。お黙りなさい」

マリアは義母を無視すると、無表情な父親の目を真っすぐ見た。

「お父様、これは王家に関わることです」

記憶の中にある「お父様は王家に関わることには耳を傾ける」という情報から単語を選んで言うと、父親はピクリと眉を動かした。軽く片手を上げて義母を制止する。

「話してみなさい」

全員が注目する中、マリアは軽く息を吐くと、父親の目を見つめながら口を開いた。

「……私が二日前に倒れた原因は、ダニエル殿下から頂いたお茶とお菓子に、何か毒物のようなものが含まれていた可能性が高いと思われます」

義母が「出鱈目《でたらめ》はやめなさい！」と叫ぶが、険しい顔つきになった父親が、「静かに」と黙らせる。

詳しく話せと言われ、マリアは、シャーロットの中にある記憶を淡々と話し始めた。

「二日前、私が家に帰ると、お義母様《かあさま》とイリーナからお茶に誘われました」

もともと一緒にお茶を飲むような間柄でもないことから、不審に思ったシャーロットが断ろうとすると、義母がこう言い放った。

「このお茶とお菓子はダニエル殿下からの贈り物ですよ。婚約者からの贈り物を食べないなんて、礼儀知らずにもほどがあります」

こう言われてしまっては断れず、渋々お茶を飲んでお菓子を食べたところ、急に息が苦しくなって倒れてしまった。

そして、ララがこれは只事《ただごと》ではないと医師を呼び、バーナム先生が慌ててかけつけたらしい。

「先生の適切な処置で何とか事なきを得ましたが、丸一日意識が戻らなかったそうです」

話しながら、シャーロットに第三王子という婚約者がいることに驚きを覚えるが、それはとりあえず置いておいて、話を進めていく。

そして、マリアの話が終わると、クリストファーが「なるほどねえ」と面白そうにつぶやいた。

「実は、王宮で会ったときに、バーナム先生に、『シャーロット様の倒れた状況に疑問がありますので、お調べになった方が良いかもしれません』と言われたんだけど、まさかそんな状況だったとはね」

父親が冷静な目で義母を見た。

「どうやら随分と話が違うようだが」

義母がやや青ざめながらも、申し訳なさそうな顔を作った。

「申し訳ありません。ご覧の通り、今はもう何ともありませんので、余計な心配をかけまいと夏風邪と言いましたの。それに関してはお詫《わ》び致しますわ。――しかし」

義母がギロリとマリアを睨んだ。

「シャーロットの話は真っ赤な嘘《うそ》ですわ。ダニエル殿下からの贈り物だなんて言っておりませんし、そんな嘘を私が言うはずもありません」

「そうですわ、お母様はそのようなことを言っておりません。いくら自分を信じさせたいからって、殿下の名前を使うのは不敬です！」

イリーナが、つぶらな瞳で健気《けなげ》に母親を援護する。

使用人たちも、「その場におりましたが、そんな話は聞いておりません」、「奥様はそんなことはおっしゃいませんでした」と、如何《いか》にも本当にそうだったように同調する。

マリアは内心怒りに震えた。宿屋に変な客が来ることはあったが、ここまで質の悪い人間を見たのは初めてだ。

（許せない！　この人たちは、こうやってシャーロットを追い詰めたんだわ）

父親が冷静な目をマリアに向けた。

「皆がこう言っているが、お前はこれにどう対処する」

マリアは、父親の冷たい青い瞳を見返した。

表情は全く読めないが、こう尋ねてきているところをみると、義母たちを信じるが、一応こちらの言い分を聞こう、といった感じだろう。

マリアは思った。なるほど。ならば彼らが信用に値しない人間だと証明すればいいのねと。信用を下げるネタなら腐るほどある。今まで自分たちがやってきたことの責任を取ってもらおう。

彼女は口を開いた。

「お話しする前に、お父様に一つお願いがあります」

「なんだ」

「この部屋にいる人間、お義母様とイリーナを含めて全員、お父様の許可なしに動かないように命令してください」

マリアの証拠隠滅は許さないという態度に、父親の冷たい瞳に興味の色が宿った。

「……いいだろう、勝手な行動を禁止する」

マリアは「ありがとうございます」と頭を下げると、ガタンと席を立った。自分の肉と前菜の皿を父親と兄の間に置くと、にっこり笑った。

「お父様、お兄様、この皿の料理を食べてみてください」

ひゅっ、と息を呑《の》む声が聞こえ、使用人たちの顔が一斉に青ざめる。

兄が楽しそうに「どれどれ」とフォークで前菜の一つを口に運ぶと、渋い顔をした。

「なんだこれ、塩辛くて食べられやしない」

父親もゆっくりとニンジンを口に運び、「なるほど」とつぶやく。

「ずいぶんと酷い味だな」

「ええ、こっちの前菜も幾つか食べてみましたが、どれも塩辛くて、食べられたものではありませんね」

兄が、水を飲みながら顔を顰《しか》める。

マリアが、淡々と口を開いた。

「わたしの料理はいつもこうです。塩辛くてとても食べられるものではありません。そして、どうしても食べられずに残すと、ご存知の通り、お義母様から『好き嫌いが多い我儘』と理不尽に揶揄《やゆ》されます」

遠めから見てもわかるほどガタガタと震える使用人たちと、顔を真っ赤にしてマリアを睨みつける義母。

マリアはそんな義母を無視すると、考え込むように黙っている父親の方を見た。

「お見せしたいものがありますので、二階に一緒に来ていただけませんか。もちろん、ここにいる全員を連れてです。勝手な真似《まね》をせずに」

「そんな必要はありません！」

もう我慢ならないという風に大きな声を出す義母に、マリアが冷たい目を向けた。

「それはお父様が決めることです」

「いいだろう」と、父親が立ち上がると、怒りに震える義母を一瞥《いちべつ》した。

「余計な真似をせず、シャーロットに従え」

クリストファーが、「では、私が一番後ろを歩いて、みんなを見張っておくよ」と、楽しそうに立ち上がる。

マリアは、ヨロヨロと歩く一行を連れて、二階に上がった。

まずは、自分の部屋の中に全員を招き入れる。そして、彼女はクローゼットに近づくと、両手で扉を開け放った。中に置いてあった宝石入れを手に取って開くと、父親と兄に見せる。

「これが今の私の持ち物全てです」

兄が首を傾《かし》げた。

「古いドレスばかりだな。宝石箱も空じゃないか」

彼のマリアをサポートするような言動に、何でこの人こんなに協力的なのかしら、と思いながら、マリアが落ち着いた顔でうなずいた。

「その通りです。では、次にイリーナの部屋に行きましょう」

すると、真っ青な顔で立っていたイリーナが叫び始めた。

「待って！ なんで私の部屋に行くのよ！」

そりゃ嫌だよね。と思いながら、マリアはイリーナを無視して父親を見た。

「どうか許可を。説明に必要なことです」

「いいだろう。イリーナの部屋に行く」

「お、お父様！」

義母が必死の形相で何か言いかけるが、兄がそれを遮るように、にこにこしながら口を開いた。

「イリーナ、君は今まで散々シャーロットに物を取り上げられて大変だったたっていう話じゃないか。きっとこの部屋以上に何もない部屋なんだろうねぇ」

「そ、それは……」と、イリーナが色を失って口ごもる。

そして、ピンクだらけのイリーナの部屋に到着すると、マリアはクローゼットを開け放って、記憶の中にあるのと同じドレス二着を取り出した。

「こちらが今年ダニエル殿下から頂いたドレスですわ。こちらは去年頂いたドレスで、ご覧の通り、イリーナの体に合わせてサイズが直されています。――それからこれも」

箪笥《たんす》の上に置いてあった宝石箱を開けると、兄が覗き込んで大声で言った。

「おや、どういうことだ？　この青い宝石、シャーロットがダニエル殿下から頂いたものじゃないか？」

「ええ、金目の物は全て取り上げられていましたから。もっと高価なものは、お義母様の宝石箱に入っているはずです」

そう言いながら、マリアはチラリと父親を見た。

「どうでしょう。これらを見て、私とお義母様たち、どちらを信用なさいますか？」

父親が、真っ青な顔で立っている義母とイリーナに冷たい目を向けると、マリアにうなずいてみせた。

「状況はよくわかった。あと何かあるか？」

「お願いが三つあります」

「ほう、なんだ」と、父親が好奇の目を向けてくる。

マリアは息を軽く吐くと、考えていたことを口にした。

「まず、取られたものを、全て返して頂きたいと思います」

「なるほど、至極当然の要求だな」

父親が無表情にうなずく。

「それと、これまで私を嘘で陥れたことに対する罰を与えて頂きたい。もちろん使用人たちもです」

「いいだろう。それで三つ目は」

さあこれが本番と、マリアは父親の目を見た。

「明日、この家を出て、今空いている別邸に移りたいと思っています」

父親が軽く眉をひそめた。

「それはなぜだ」

「御覧の通り、この家が私にとって安全ではないからです」

ふむ、と父親が考え込む。

「どういう算段だ」

「ララを連れて行きたく思っております。それと、移り住むまで、お父様かお兄様に監視して頂ければ幸いです」

父親が面白そうに口角を上げた。

「まあいいだろう。クリストファー、頼んだぞ」

「了解しました、父上」

兄が楽しそうに承諾する。

父親が、呆然《ぼうぜん》とする義母とイリーナに、冷めた目を向けた

「イリーナ、お前はこれから一カ月謹慎だ。一切家を出ることを許さないし、人が訪ねてくることも手紙も禁止する。――それと、お前は今すぐ執務室に来るように」

そして、真っ青な顔で震える義母とイリーナを氷のような目で見ると、ゆっくりと部屋から出て行った。

【幕間】それぞれの家族

イリーナの部屋を出たシャーロットの父親――エイベル公爵は、妻である夫人と共に執務室に入った。

彼は執務机に座ると、真っ青な顔で立つ夫人を見据えた。

「さて、では先ほどの話の続きからいこうか。――シャーロットが倒れる直前に食べた茶と菓子が、ダニエル殿下からのものだというのは本当か？」

「あ、あれはあの子が嘘を……」

目を泳がせながら笑顔を作る夫人に、公爵が冷たい目を向けた。

「先ほどの状況から、私はお前の話よりシャーロットの話の方に信憑性《しんぴょう》があると思っている。――もう一度訊《き》く。本当にダニエル殿下から菓子が贈られたのか？」

「……いえ、……違います」

「では、どうやって手に入れた？」

「……トレイダス侯爵夫人からの贈り物ですわ」

トレイダスという名前を聞いて、公爵は眉間にしわを寄せた。

「なぜ夫人から贈り物など？」

「ちょっとしたおみやげですわ」

公爵が大きなため息をついた。

「……ではなぜダニエル殿下の贈り物だという嘘を？」

夫人が観念したようにつぶやいた。

「……申し訳ございません、あまりにあの子が頑《かたく》なに固辞するもので、つい」

公爵は冷えた目で夫人を見た。

「愚かなことだ。それで、残った茶と菓子はどうした？」

「全て使用人たちに下賜しましたわ」

「彼らの様子は」

「メイドたち全員で食べたそうですが、体調が崩れた者はいなかったそうです。私もイリーナも食べましたが、何も起きておりません。あの子が大袈裟《おおげさ》過ぎるのです！」

青い顔の夫人が必死に言い募るものの、公爵の表情は変わらない。夫人を遮るように、重々しく口を開いた。

「では、罰を言い渡す。お前とイリーナに支給している年給を四年間半額とし、その額をシャーロットに渡すことにする」

「そんなっ！」

「それとお前は私の許可のない社交を一切禁止する。誰とどこで会うか全て報告するように」

「……」

強く唇を噛《か》みしめる夫人から目を逸らすと、公爵は机の上の書類を手に取った。溜まった屋敷《やしき》の仕事を片付けるべくペンを取り、ふと思い出したように口を開いた。

「それと、使用人たちも同様に、四年間給料の半額をシャーロットに渡すこととする。途中で辞めた者については、他の屋敷で働けないことになると伝えろ」

「……かしこまりました」

頭を深々と下げる夫人を見もせず、公爵が手を払うように振った。

「もう用は済んだ。下がれ」

夫人が何か言おうとして口を開きかけるものの、公爵が淡々と仕事をする様子を見て、顔を歪めながら部屋を出て行く。

そして、夫人が立ち去った後、公爵はため息をついた。

「人選を誤ったな」

彼にとって妻は「子孫を産み家の雑事を執り行う道具」であり、それ以上でも以下でもない。

現夫人は、スペアのつもりで囲っておいた、悪くない身分の女だ。シャーロットの母親の死後、家の雑事をさせようと連れて来たのだが……。

「何と愚かな女だ」

貴族らしい上昇志向や、目的のために手段を選ばない姿勢を評価して、正妻に据えた。それなのに、隣国がきな臭い動きをしているこの時期に、隣国出身のトレイダス侯爵夫人と仲良くするなど、公爵家の妻としての自覚がないとしか思えない。

しかも、頭が良いだけの世間知らずな十六歳の娘にやり込められる有様《ありさま》だ。王子の名前を出すなど、相手に反撃の隙を作るだけだ。脇が甘すぎる。実に愚かだ。

「……だが今回は、むしろシャーロットを褒めるべきかもしれないな」

怯《おび》えるだけだった気の弱い娘が、見事に状況をひっくり返してみせた。孤立無援な上に、高圧的な夫人の精神的支配下にありながら、これはそうできることではない。

「……評価を変えるべきかもしれんな」

エイベル公爵家に生まれた娘の役目は、王族の配偶者になることだ。

夫人は、イリーナこそが王子の妻に相応《ふさわ》しいと言っていたが、今日の言動を見る限り、相応しいのはむしろシャーロットの方だ。

「まあ、もう少し様子見というところか。スペアはまだいる。二人が使えなかろうと何の問題もない」

公爵にはあと二つ別邸があり、それぞれに娘がいる。年は離れるが、いざとなれば、そっちの娘を持ってくれば良い。

そんなことを考えていた、そのとき。

コンコンコン。と軽快なノックの音と共にドアが開き、笑顔のクリストファーが入ってきた。執務机の前に立つと、にこやかに口を開いた。

「シャーロットの件ですが、滞りなく進んでおります。問題ないかと」

「そうか」と、侯爵が書類から顔も上げずに答える。

クリストファーが、やれやれといった風に肩をすくめた。

「しかし、義母上があそこまで愚かとは思いもしませんでしたよ。よくあのような女が我が公爵家に潜り込めたものですね。イリーナも血がつながっているのが不思議でなりませんよ。まさかあんなわかりやすい証拠を自分の部屋に置くとは、愚か過ぎて逆に笑えてきます」

公爵がぴくりと眉を動かすと、クリストファーを冷たく見据えた。

「話はそれだけか」

「ええ、終わりです。それでは、これから義母上とイリーナの後処理があるので、失礼します」

＊

不機嫌そうな父親に丁寧にお辞儀をすると、クリストファーはにこやかに部屋を出た。そして廊下を歩きながら、片手でにやける口を隠すように覆った。

（いやはや、予想以上に面白いことになった）

エイベル公爵家の長男である彼は、生まれた時から将来がほぼ決まっている。当主教育を受け、父親の手伝いをしながら王宮で働き、父親の引退後に当主の座に就く。実に退屈な人生だ。

だから、彼は常に刺激を欲していた。

彼の物事の判断基準は、面白いか面白くないかだ。自分を面白がらせる物や人間には価値があるが、そうでないものはどうでもいい。

故に、我慢してばかりいるシャーロットにはまるで興味が湧かなかった。予想の範囲の行動をする人間は面白くないからだ。

むしろ興味があったのは義母とイリーナで、彼は彼女たちに非常に期待していた。

あの欲にまみれた馬鹿女たちは、いつか絶対に何かやらかしてくれるだろう、と。

そして今日、とうとうやらかした訳だが、その状況が面白過ぎた。

（まさかシャーロットが追い詰めるとはね）

しかも、義妹がとんでもない阿呆《あほう》なことまで明るみになったのだ。笑いが止まらないとは正にこのことだ。こういった予想外は大好物だ。

加えて、今回の反撃は実に見事なものだった。義母と義妹に黙っていじめられる妹に価値はないが、反撃する妹には価値がある。

（面白くなりそうだ）

彼は口元に美しい微笑を浮かべると、ゆっくりと廊下を歩いて行った。

◇◇◇

マリアが屋敷の夕食会で大暴れした、その日の夜遅く。

王都から遠く離れた、辺境の港町タナトスにある宿ふくろう亭の厨房で、宿屋の主人のディックとおかみさんのサラが、向かい合って座りながら頭を抱えていた。

悩んでいるのは、娘のマリアについてだ。

サラが大きなため息をついた。

「まったく、とんでもない話になってしまったねえ」

二日ほど前、娘のマリアがお茶の時間に突然倒れた。

すぐに呼んだ医師が、マリアの熱が非常に高いことに気が付き、熱さましを飲ませて寝かせるものの、意識はすぐには戻らず。

ようやく昨日意識が戻り、ホッとしたのも束の間《つかま》。目を覚ましたマリアが、突然涙をぽろぽろとこぼして謝罪し始めた。

「ごめんなさい、わたくしのせいでマリアさんが……」

混乱しているのかと思い、落ち着いたら話を聞くと慰めて、その日は寝させたのだが、翌日少し落ち着いた様子の彼女が、とんでもない話をし始めた。

「わたくしの本当の名前はシャーロットで、黄泉の川で会ったマリアさんと体が入れ替わってしまったようなのです」

彼女の話では、王都の自宅で倒れ、気が付いたら黄泉の川にいたらしい。

「そこでマリアさんとお会いして、入れ替わってしまったと思われます」

荒唐無稽な話ではあるものの、サラとディックはこの話を信じた。

このシャーロットという少女が、嘘をついているように思えなかったし、外見や声はマリアにも拘《かか》わらず、雰囲気がマリアと全く違っていたからだ。

サラは必死に尋ねた。

「マ、マリアは無事なのかい？」

「はい、無事だと思います。多分ですが、わたくしと同じような感じになっていると思います」

「も、戻れるんだろうね？」

「……わかりませんが、戻る方法はきっとあると思います」

シャーロットという少女の話によると、以前体が入れ替わった人間の本を読んだことがあり、何かをきっかけに元に戻ったようなことが書いてあったらしい。

「何とか元に戻る方法を探そうと思います」

そう聞いて少しだけ安心したものの、マリアが心配なことには変わりない。

という訳で、疲れた様子のシャーロットに「とりあえず休みな」と休ませて、二人でこうやって悩んでいる、という次第だ。

ディックが顔を上げた。

「あの子の話じゃあ、マリアは王都にいるってことだな」

「王都だなんて、運が悪いねえ……」

港町タナトスは、王国南端の半島に位置する港町だ。北部に位置する王都からは遠く離れており、ここからだと乗合馬車を乗り継いでいくしかないため、片道二週間近くかかる。

しかも王国は、王都に流民が住み着くのを防ぐため、入場許可証の申請を義務付けており、仕事以外の理由だと、許可が下りるまで一年近くかかるという話であった。

ディックが渋い顔で言った。

「明日隣町に行って申請は出そうと思うが、まあ、簡単ではないだろうな」

「そうだねえ……」

本音を言えば、今すぐにでも飛んで行って安否を確認したい。でも、それはどう考えても不可能であった。

サラは、ため息をつくと立ち上がった。

「とりあえず、今はあのシャーロットちゃんを休ませてやらないとね。顔色も悪いし、きっと疲れているだろうからね」

「そうだな。怯えている様子だったし、知らない場所に突然来て驚いただろう」

「私らが心配しているように、むこうのご家族も心配しているだろうから、連絡があるかもしれないね」

「こっちから手紙を書いて送ってもいいが、……まあ着くまで半年はかかるだろうな」

ディックが深いため息をついた。

「王都は遠いな……」

「ホントにねえ……」

はあ、と、何度目かのため息をつく二人。

そして、マリアが無事であることを祈りながら、とぼとぼと寝室に戻っていった。

第三章　新しい生活

夕食会の翌日、よく晴れた暖かい春の朝。

厳格な雰囲気の大きな屋敷――公爵邸の入口前に、紋章が付いた立派な馬車が停まっていた。

馬車の前には、マリアとララが立っており、彼女たちを見送るように、兄クリストファーと、その後ろにやつれた様子の使用人が二十人ほど並んでいる。

兄が美麗な顔に微笑みを浮かべた。

「じゃあ、気を付けて。何かあったら私にすぐに言うように。大変なようだったら、いつでも帰ってきていいからね」

「ありがとうございます。お兄様」

マリアは優雅にお辞儀をすると、兄に手を借りながら淑《しと》やかに馬車に乗り込んだ。

続いてララがぺこりと頭を下げて乗り込み、御者がドアを閉める。

そして、ヒヒーン。という馬の嘶きと共に馬車が動き出して、数秒後。

マリアは、ぐったりと背もたれに寄りかかった。

（はあ……、疲れた）

宿屋で丸一日忙しく働いた時よりも、ずっと強い疲労を感じる。

そして、窓から遠ざかる兄たちと公爵邸をギロリと睨みつけると、心の中で思い切り、あっかんべーをした。

（誰があんたなんかに！　ここにはもう絶対に来ない！）

彼女の脳裏に浮かぶのは、昨晩から今朝にかけての出来事だ。

◇◇◇

昨晩、父親と真っ青な顔をした義母が執務室へ行ったあと、マリアはクリストファーと共に一階の食堂に下りた。

「……ええっと、あの、どうされたんですか？」

食卓の片づけをしていたララが、二人を見て不思議がる。

兄は、にこにこしながら、家中の使用人を集めるように言うと、マリアの方を向いた。

「さて、父上から任された以上は、徹底的にやらないとね」

そして、シャーロットに嫌がらせをしていなかった、ララと園丁の老人を除く使用人全員を並ばせると、怯える彼らの目の前をゆっくり歩きながら、楽しそうに微笑んだ。

「残念だけど、君たちが結託してシャーロットに酷い仕打ちをしたことは父上にバレてしまった。頼りの義母上も今呼び出されているし、イリーナも罰を言い渡された。——さて、君たちはどうなるだろうね？」

メイド服を着た中年の女性が、必死の形相で叫んだ。

「ま、待ってください！　私共は奥様の命令に従っただけです！」

「その通りです！　お嬢様の嫌がることをせよ、との命令を受けて、仕方なく……」

若い男性使用人が叫ぶように訴えると、クリストファーの後ろに立っていたマリアを縋《すが》るような目で見た。

「申し訳ありませんでした！　どうかお許しください」

「わ、私も、決して望んでやった訳では……」

必死にすり寄る使用人たちに、マリアは心の底から呆《あき》れかえった。あんなに楽しそうに嫌がらせしていたクセに、今更何を言っているのか。

「……全員地獄に堕《お》ちろ、だわ」

　思わず地が出たマリアの言葉を聞いて、兄が楽しそうに笑い出した。

「ははっ、さすがのシャーロットもお怒りだね」

　そして、一転。彼は顔から笑みを消して、すっと目を細めると、冷めた目で使用人たちを見据えた。

「でだ。冗談はこれくらいにして、今後のことを話そうか。——君たちがこれからどうすればいいか、わかるよね？」

　蛇に睨まれた蛙《かえる》のごとく、使用人たちが真っ青な顔で震える。

　その後、兄は「病み上がりだろう。後は私がやっておくよ」と、笑顔でマリアを部屋に帰した。そして、マリアがいなくなった後、夜を徹して使用人たちを働かせたらしい。

　翌朝、笑顔の兄から「引っ越しの準備が終わっている」と聞いて、マリアはかなり驚いた。

　使用人たちは寝ていないんじゃないかと問うと、彼は涼しい顔で答えた。

「私は寝てしまったからわからないが、そうかもしれないね。うちの使用人たちは働き者で助かるよ」

　楽しそうに笑う兄を見て、マリアは思わず身震いしそうになった。顔が良いし雰囲気は爽やかだが、やっていることが怖すぎる。

そんなことを思われているとは露知らず、使用人たちへの罰や、義母とイリーナに対する罰について、兄がにこにこしながら話をする。

そして、話が終わると、マリアは気になっていたことを尋ねた。

「……もしかして、私が不当な扱いを受けていることに気が付いていたのではありませんか？」

昨日の夜からの目端が利く言動を見て、気が付かないほど鈍い男性にどうしても思えない、と思ったが故の質問だ。

彼はその質問にあっさりうなずいた。

「もちろんだよ。気が付かないハズがないじゃないか」

「……ではなぜ……」

「なぜ今まで何も言わなかったかってことかい？」

コクリとうなずくマリアに、クリストファーが涼しい顔で言った。

「これくらいで潰れるようじゃ、貴族社会ではやっていけないだろう？　それに、君が潰れても特に困らないしね」

マリアは呆気《あっけ》にとられた。妹が潰れても困らない、などと言い出す彼のことが全く理解できない。

ちなみに、今回助けたのは、面白そうだと思ったかららしい。

「……最悪ね」

「え？　今何か言ったかい？」

「い、いいえ、何でもありませんわ、お兄様。うふふ」

思わず漏れた本音を笑って誤魔化すマリア。心の中は罵詈雑言《ばりぞうごん》でいっぱいだ。

（何なの、この人！）

これだけでも十分腹が立ったのだが、もっと頭にきたのが、シャーロットがマリアと入れ替わったことによる違和感に、ララ以外誰も気が付かなかったことだ。

なぜ気が付かないのかと記憶を探ってみたところ、この屋敷の人間全員がシャーロットに対し、意見を押し付けるか無視するかで、会話らしい会話を一切してこなかったことがわかった。

（本当に最低な人たちだ）

記憶を見ていてわかったのだが、シャーロットはとても優しくて善良な娘だ。自分の気持ちよりも、相手の気持ちを優先させて我慢してしまう。きっとこの優しい性格に付け入られてしまったのだろう。

（シャーロットも辛かったでしょうね……）

あんな酷い人たちと離れて、別邸に移ることができて本当に良かった、と胸を撫でおろしていると、斜め向かいに座ったララが心配そうに口を開いた。

「あ、あの、顔色が優れないようですが、大丈夫ですか？」

「ありがとう、大丈夫よ」

考えていることが顔に出ていたかしら、と思いながら返事をする。

ララは、ホッとしたような表情をすると、不安そうに目を伏せた。

「昨日からびっくりすることばかりで、一体何がどうなっているのやらです」

マリアは苦笑した。確かにあの場にいなかったララからしたら、何が起きているかわからないだろう。

ちなみに、シャーロットの記憶によると、このララというメイドはとても内向的な性格で、それが原因で屋敷をクビになりそうだったらしい。そこをシャーロットに助けられて以来、義母が乗り込んできても、変わらず仕えてくれているようだった。

（中身が替わった違和感にも気が付いてくれたし、この子はきっといい子だ）

そんな二人を乗せて、馬車が大きな屋敷が並ぶ貴族街を走る。

そして、出発しておよそ十五分。

馬車は貴族街の端の方の、二階建てのレンガ造りの館の前に止まった。

マリアは、馬車から降りて館を見上げた。

それは屋根が茶色で窓枠が白色の、まるで絵本に出てきそうな可愛らしい建物だった。近隣の館に比べると小さめだが、その分庭が広いようで、敷地《しきち》の片側が林のようになっている。その林を挟んで隣は、広い敷地を有する大きな館で、高い木がたくさん生えて森のようになっているのが見える。

(へえ、いい感じね)

(庭に林とか森があるなんて、よくわからない世界ね……)

ララに案内されて家の中に入ると、そこは丁度良い大きさのエントランスで、廊下も階段も広すぎず長すぎず、とても良い感じだ。

(良かった、公爵邸は広すぎて、落ち着かなかったのよね)

ちなみに兄の話では、この館は長期滞在する客用の家らしく、専属のメイドや料理人、門番といった使用人がいるらしい。

(こんな立派な家を来客用に持っているなんて、お貴族様ってお金があるのね)

そんなことを考えながら、ララに続いて二階に上がると、そこにはこれから暮らす部屋が用意されていた。

（あら、良い感じ）

それは白壁の日当たりの良さそうな部屋で、シンプルで上品な家具が備え付けられていた。クローゼットの中には取り返したと思われるドレスが入っており、引っ越しはもう済ませてあるようだった。

マリアは、満足げにララを振り返った。

「いい部屋ね、とても素敵だわ」

「はい。よかったです。ええっと、私、お茶、淹れてきます」

ララが、嬉しそうに部屋を出て行く。

その後ろ姿を見送ると、マリアは窓際に歩み寄った。窓の外に広がる林をながめながら、思案に暮れる。

（これからどうするかよね）

あの屋敷を出たことにより、シャーロットの待遇はだいぶ改善されると思う。ここで暮らしていければ、義母と義妹に悩まされることもないだろう。

（あとは下手なことはせず、シャーロットのフリをしながら元に戻る方法を探すってところね）

昨晩の時点で、もうすでに色々やらかした感はあるが、これ以上やるとシャーロットが戻って来たとき困ることになってしまう。彼女が戻って来ても困らないように、ここからは彼女らしく穏やかに暮らしていこう。

そして、マリアはふと疑問に思った。そういえば、シャーロットって普段何をしているのだろうか、と。

（わたしが十六歳の頃と言えば、宿屋で普通に働いていたけど、お貴族様のシャーロットは何をしているんだろう？）

そして、これは記憶を覗いておいた方が良いわねと思っていた、そのとき。

コンコンコン、とノックの音がして、ララが「失礼します」と入ってきた。マリアを部屋の中央に置いてあるソファに座るように促し、ティーセットの載ったお盆をテーブルの上に置く。

そしてお茶を注ごうとして、ふと思い出したように口を開いた。

「あの……、出掛けに、クリストファー様が『来週から学園に行くように』とおっしゃっていました」

「学園？」

思わずオウム返しをすると、ララが「はい」とうなずいた。

「今週分の欠席については連絡しておく、とおっしゃっていました」

マリアは無言になった。確かに学校らしき記憶はあったが、まさかこの年齢になっても学校に通っているとは！

（ど、どうしよう。わたし、お貴族様の勉強とかわからないんだけど！）

慌てるマリアの前にお茶を置くと、ララが部屋の隅にある本棚に近づいて、真ん中の段を指差した。

「ええっと、教科書、こちらにしまってあります。制服も持ってきています」

「……ありがとう」

歩み寄ってそれらの背表紙をながめ、マリアは顔を引きつらせた。『応用会計学』に『応用地理学』『王国の歴史』など、難解そうなタイトルばかりだ。

（こ、これは、大変なことになった……）

とりあえず状況確認をしなければと、マリアは何とか笑顔を作った。

「ララ、これから勉強したいから、一人にしてくれるかしら」

「あ、はい、わかりました。お茶のお代わりが必要でしたら、お呼びください」

ララがぺこりと頭を下げて部屋から出て行く。そして、ドアがぱたんと閉まった、その瞬間。

（た、大変！）

マリアは、頭を両手で抱えてウロウロと歩き回り始めた。必死に学園についての記憶を探る。

（……なるほど、お貴族様が通う学園なのね）

生徒数は約三百人で、十二歳くらいで入学して、四年間学んで卒業するらしい。将来必要となる領地経営などに関連する知識を勉強するらしいのだが……。

（わたしの知っている学校と全然違う……）

マリアの知っている学校とは、街にあった生徒総数三十人ほどの教会学校だ。いつからどのくらいの期間通うかは生徒次第で、勉強の内容は、読み書きと簡単な計算くらい。シャーロットの通っている学園とは明らかに規模も学ぶことのレベルも違う。

しかも学園では、授業の終わりに抜き打ちテストがあるらしい。

（どうしよう……）

マリアは青くなった。自分がテストなんて受けた暁には、確実に0点だ。このままでは、元に戻ったシャーロットが0点の山を見て卒倒しかねない。

（な、何とかしないと！）

その日、マリアは部屋の中をウロウロと歩き回りながら、必死に頭を働かせた。

◇◇◇

「……う、いたたた」

新しい家に引っ越して来た翌々日、まだ外が暗い早朝。

マリアは体の痛みで目を覚ました。

呻《うめ》きながら身を起こすと、そこは新居の自分の部屋の机の上だった。傍《そば》に置いてあるランタンの光がゆらゆらと揺れている。どうやら教科書を読んでいて、そのまま寝てしまったらしい。

「いつの間に寝たんだろう……」

そう呟《つぶや》きながら、マリアはググーッと伸びをする。そして目の前に積んである教科書の山を見て、大きなため息をついた。

「辛すぎる……」

テスト0点を回避する方法を必死に考えていたマリアは、ふと学園用の鞄《かばん》に入っているテストをやってみることを思いついた。よく考えたらシャーロットの記憶があるのだから、解けるのではないかと思ったからだ。

しかし、結果は『問題を解くことはできるが、時間がかかり過ぎる』だった。

たとえば、

『ローマン帝国が、キリキス盆地を平定し、ガロン国を併合するまでの過程を、歴代の王の名前を交えて説明せよ』

という問題があったのだが、マリアの知識ではそもそも問題文が理解できない。

「ローマン帝国ってなに？」

「キリキス盆地ってどこ？」

「平定ってどういう意味の単語？　ガロン国って？　併合って？」

といった問題文を理解するため、記憶を探る必要がある。そのため回答を得るまでにかなり時間がかかり、三十分用のテストに三時間近くかかってしまった。

（……これじゃあ、とても良い点数なんて取れないわ）

そして考えた結果、せめて問題文をぱっと理解できるくらいの知識をつけないと厳しい、という結論に至り。一昨日の夜から必死で勉強する羽目になった、という次第だ。

（しんどいわ……。お貴族様ってパーティとかお茶会で「オホホホ」とかやっているだけのお気楽な人たちかと思っていたけど、そうでもなかったのね）

不幸中の幸いだったのは、教科書の内容が案外面白かったことだ。

今まで小麦の値段が上がっても、「高いわねえ」くらいしか思わなかったが、教科書とシャーロットの記憶に触れ、小麦が高いのには理由があることが理解できた。

(遠く離れた場所の天候とか、戦争の有無なんかで値段が変わるのね)

こういった知識はとても有用だし、知れて良かったと思う。

ただ、どう考えても必要ないと思う内容もあり、

(何よ、この『このときの作家の気持ちを答えなさい』って)

本なんて読んで面白ければいいと思うのだが、そういう訳でもないらしく、お陰で何の役に立つかわからない勉強をさせられる羽目になった。

(まあでも、努力の甲斐《かい》あって、とりあえず今週ある授業の内容は大体終わった)

残りの教科については、追々やっていけばいい。

それと、彼女は勉強する過程で、シャーロットの記憶の中に「体が入れ替わる御伽《おとぎ》噺《ばなし》」を見つけた。詳しい内容については、学園にある図書館という場所で調べられるらしいので、学園に行った時に調べる予定だ。

(怪我《けが》の功名ってやつね、元に戻る手掛かりが見つかって良かった)

マリアは窓際に歩み寄ると、カーテンと窓を開けた。朝の気配はあるものの、まだ

外は暗く、空には星が瞬《またた》いている。

（お腹空いた……）

そしてランタンを持って、暗く静まり返る廊下に出ると、何かつまめるものでもないかしらと一階の厨房に向かった。

厨房はかなりの大きさで、壁際に引き出しや棚がたくさん並んでいる。

そのうちの一つをそっと開けて、マリアは目を輝かせた。

「すごい！ 美味しそう！」

分厚いベーコンの塊に、ぷりぷりのソーセージ、燻製肉《くんせい》。他の棚の中には、各種飲み物の瓶や卵、パンといった食料が並んでいる。

マリアは考え込んだ。

みんなまだ寝てるし、ちょっとくらい自由にやってもいいんじゃないだろうか。

「……よし、やっちゃいますか」

マリアは置いてあった大きめの麻袋に、フライパンなど必要なものを詰め込み始めた。それを、よいしょと背負ってそっと外に出る。

ひんやりとした空気の中、ランタンを片手に庭を横切り、敷地の端にある林に入っていく。そして林の中を歩くこと、しばし。屋敷から大分離れた場所に適当な空き地を見つけると、そっと麻袋を下ろした。落ちている葉っぱを空に投げ、風向きを確かめる。

（よし、屋敷とは反対方向ね）

そして、落ちている石を拾い集めて、空き地の真ん中に簡易的な竈《かまど》を作ると、持って来た薪を並べ、同じく持って来た紙くずと火熾《おこ》し石で火をつけた。

（いい薪ね。乾燥具合が丁度いい）

熾した火の上にフライパンを載せると、麻袋から分厚く切ったベーコンを取り出して、ジュウジュウと焼き始めた。

美味しそうな香りが、林の中に広がっていく。

しばらくしてひっくり返し、マリアはうっとりとした顔をした。

（いい感じに焼けてる。肉汁も上手《うま》い具合に出てる）

そして、卵を二つ割り入れて半熟になるまで焼くと、火からおろして大きなお皿に移した。

（うーん！　美味しそう！）

こんがりと焼けた分厚いベーコンと艶のある目玉焼きが、ランプの光に照らされて輝いている。マリアはウキウキと塩コショウをふると、「いただきます」と大きなフォークで食べ始めた。

「美味しい……」

とろりとした卵の黄身とベーコンの相性が抜群だ。塩コショウで味付けされた白身も丁度良い硬さで、ベーコンの味を引き立てている。

「わたし、こういうの食べたかったのよね」

持って来たパンをフライパンで焼き、一口食べて、そのサクッとした食感に、「ほう」とため息を漏らす。

(料理番さんが作ってくれる料理は凝っていてとても美味しいんだけど、やっぱりこういう方が好きなのよね)

珍しい香辛料など使わず、塩コショウで味付けたシンプルでボリュームのある料理、最高だ。

そして、持って来た薬缶《やかん》にお湯を沸かしてお茶を淹れると、ふうふう冷ましながら空を見上げた。

「空が白んできている。そろそろディック父さんが仕込みに起き出す時間ね」

宿屋のことを思い出し、涙で視界がかすむ。

みんなは元気だろうか。早く元に戻って、みんなを安心させたい。父さんの料理をお腹いっぱい食べたい。

(元に戻る方法を見つけないと)

明けそうな空を見ながら、決心を新たにする。

そして、そろそろみんな起き出してくるかもしれないと、いそいそと片づけをすると、小走りで館に戻っていった。心の中は満ち足りた気分でいっぱいだ。

——故に、彼女は全く気が付かなかった。

鉄格子の高い柵を挟んだ隣の館の敷地に、呆気にとられた顔でマリアをながめる、背の高い青年がいたことを。

【一方その頃】シャーロット・エイベル（一）

王都のマリアが、別邸の庭でベーコンエッグを堪能《たんのう》していたころ。

辺境の港町タナトスの宿ふくろう亭の二階にある小さな部屋で、宿屋の看板娘のマリア――の中に入っているシャーロットが目を覚ました。

起き上がって周囲を見回して、公爵邸に戻っていないことに、ホッと胸を撫《な》で下《お》ろす。そして、続いて襲ってきた強い罪悪感に、彼女は膝を抱えて目を潤ませた。

（戻っていないことに安堵するなんて、わたくし、最低だわ）

手の甲で涙をぬぐうと、彼女はマリアの記憶を頼りに身支度を始めた。ベッドの横に置いてあるポットの水をタライに注ぎ、タオルに浸して体を拭くと、質素なワンピースを着る。

そして、髪を束ねて底が少し薄くなっている靴を履くと、不安で高鳴る胸を押さえながら、ゆっくりと息を吐いた。

（全部わたくしが引き起こしてしまったことですもの、がんばらなければ）

◇◇◇

体が入れ替わる数日前から、シャーロットはもう限界だった。

日中は学園の勉強と仕事で忙殺され、疲れ切って屋敷に帰っても、待っているのは粗末な食事と汚れた部屋。

義母と義妹には常に嫌味を言われ、父と兄はたまにしか帰って来ず、父に至っては、義母の嘘を全面的に信じて目を合わせようともしてくれない。

使用人たちからの嫌がらせも酷く、味方であるララも遠ざけられ、彼女は本当に独りぼっちだった。

(疲れたわ……、こんな毎日、いつまで続くのかしら)

だから、義母と義妹から「ダニエル殿下から」だという明らかに何か異物が入っている菓子を無理矢理食べさせられて倒れた時、彼女は絶望した。

もう生きている意味などない、死にたいと。

そして、黄泉の川で対岸に渡ろうとしたところ、マリアという女性に止められて揉み合いになり、気が付くと知らない小さな部屋のベッドで寝ていた。

「マリア！　あんた、気が付いたんだね！」

「本当に良かった！」

「おねえちゃん！　おねえちゃん！」

涙で顔がぐちゃぐちゃになった見知らぬ三人に縋りつかれ、彼女は混乱した。

そして、鏡で自分の姿を見て、それがあの黄泉の川で会ったマリアという女性で、自分たちが入れ替わったことがわかり、泣きながら喜ぶ彼らに対して、申し訳ない気持ちでいっぱいになった。

「ごめんなさい、わたくしはマリアさんじゃないのです」

とても信じられない話だろうに、彼らはショックを受けながらも、シャーロットの言葉を信じてくれた。彼女を気遣い、まずはゆっくり休めと甲斐甲斐《かいがい》しく面倒を見てくれた。

心配して気遣い、美味しくて心のこもった料理を食べさせてくれる優しい夫婦と、ときどき「これおみまい、はやくよくなってね！」と小さい花を持ってきてくれる可愛らしいコレット。

（ああ、なんて優しくて温かいところなのかしら）

優しい彼らに感謝しつつ、自分がこの環境にいることに罪悪感を覚える。

マリアという女性は、今ごろ自分の体に入って辛い思いをしているに違いない。早く元に戻らなければ。

(……でも、どうしたら戻ることができるのかしら)

そして、何か手掛かりはないかとマリアの記憶を探り、シャーロットは大変なことを知ってしまった。

(この宿は、マリアさんがいないと回らないのだわ)

これから宿泊客が増える時期で、主人のディックは料理の仕込みや買い出しで大忙しだし、おかみさんのサラは腰を痛めている。コレットも四歳とまだ小さい。

マリアがいない今、この宿は窮地に陥っているに違いなかった。

(わたくしが何とかしなければ)

宿屋の仕事などしたことがないが、そんなことを言っている場合ではない。何としてでも働かなければ。

という訳で、マリアの記憶を徹底的に探って何をしているかを把握し、いつもマリアが起きている時間に起きて身支度を済ませた、という次第だ。

(さあ、がんばりましょう)

シャーロットは、グッとお腹に力を入れた。不安ながらも勇気を振り絞って気合を入れる。

そして、ふうと息を吐くと、意を決して部屋から出た。

緊張しながら、薄暗い階段をゆっくりと下に降りていく。

一階にあるシンと静まり返った食堂を通り抜けると、明るい光が漏れ出ている厨房に入った。

ランプの光の下、後ろ向きの宿屋の主人ディックが、包丁で何かを切っている。

シャーロットは軽く深呼吸すると、なるべく明るい声で挨拶した。

「おはようございます。ディックさん」

「おう、おはよう。ずいぶん早いな」

まだ疲れているんじゃないか、と心配そうに言うディックに、シャーロットは笑顔を向けた。

「ありがとうございます。でも、もう十分休ませて頂いたので、お手伝いさせて頂ければと」

「おう、ありがとうな。ただ、お手伝いと言ってもな……」

嬉しそうな、でも困った顔をするディックに、シャーロットが微笑んだ。

「大丈夫ですわ。マリアさんの記憶がありますから、大抵のことは出来ると思います」

「……じゃあ、このじゃがいもを剝いてもらえるか」

ディックが包丁で差した先にあるのは、籠に入った茶色いじゃがいもだ。

シャーロットは、ゴクリと唾を飲み込んだ。

(これが生のじゃがいも)

絵で見たことがあるし食べたこともあるが、触るのは初めてだ。果たして自分にできるか不安になる。しかし、そんなことを言っている場合ではないと、思い切って体が動くままに任せると、右手が勝手にナイフを持って、左手に持ったじゃがいもを器用に剝き始めた。

(すごいわ、マリアさん)

心配そうに見ていたディックが、感心したような声を出した。

「ほう、すごいな。確かにその手付きはマリアのものだ」

「ええ、大丈夫そうです。これが終わった後はどうしましょうか？」

「そうだな……。なら、そこのニンジンも頼めるか」

「はい」

そして、じゃがいもとニンジンの皮を剝いて小さく切って、ベーコンと玉ねぎと一緒に炒《いた》めて、ミルクを加えて煮込むことしばし。寸胴鍋にいっぱいのスープが出来上がった。

美味しそうな香りに、シャーロットは幸せな気分になった。ディック曰《いわ》く、今朝の朝食はこのスープとパンらしい。

シャーロットが使い終わったまな板を洗っていると、サラが厨房に入ってきて、目を丸くした。

「あら、あんた、大丈夫なのかい」

「もう大丈夫です。ご心配お掛けしました」

「そうかい、ならいいんだけど」

「ありがとうございます。他に何かお手伝いできることはありませんか？」

と、そのとき。体格の良い男性客二人が食堂に入ってきた。普段接することのないタイプの男性に、シャーロットが軽く怯えていると、サラが気遣うように声をかけた。

「じゃあ、二階のコレットを起こしてきてくれるかい」

「はい、わかりました」

階段を上って、二階にある子ども部屋に入ると、ベッドの上に小さなコレットが丸くなって眠っていた。

（ふふ、かわいい）

絹糸のようにサラサラとした髪の毛を撫でて起こし、寝ぼけ眼のコレットの着替えを手伝う。

そして、手を繋《つな》いで「おなかすいたね」「そうですわね」という会話をしながら階段を下りて厨房に入ると、作業台の上に湯気の立つ二人分の食事が用意してあった。

「おはよう、コレット」

「おはよ！　おなかすいた！」

「ははは、朝から元気だな。ほら、二人とも食べちまいな」

シャーロットは椅子に座ると、コレットの食事を手伝いながら、自身も朝食を食べ始めた。

今日のメニューは、先ほど作ったベーコンと野菜のミルクスープと、ふわふわの白いパンだ。

ミルクの香りが立ち上るスープを飲んで、シャーロットは目を潤ませた。栄養たっぷりの優しい味に思わず涙がこぼれそうになる。

その後、シャーロットは一階の掃除を終えると、夫婦に心配されながら籠《かご》を持って外に出た。

マリアの記憶によると、この日は漁船が戻ってくる日で、市場に新鮮な魚がたくさん並ぶらしい。

「大丈夫かい、そんな無理しなくてもいいんだよ」

「マリアさんの記憶があるから大丈夫です。いつものお店で、お勧めのお魚を買ってくれば宜《よろ》しいのですよね」

「ああ、量はおやじさんに任せてあるから、くれるだけもらってきておくれ。支払いは月末まとめてだからいらないよ」

「わかりました。行ってまいります」

シャーロットは籠を抱えて歩きながら胸に手を当てた。心の中は不安でいっぱいだ。

（でも、わたくしが行かなければ）

宿屋の夫婦は見るからに疲れていたし、サラは軽く足を引きずって歩いていた。こんなことになったのは自分のせいだ。何としてでもがんばらなければ。

彼女はマリアの記憶を頼りに坂を下った。にぎやかな市場を見て、ごくりと唾を飲み込む。

（こんな人混み、初めてだわ）

人にぶつからないように籠を抱えて身を小さくしながら進み、何とかいつもの店に辿り着くと、体格の良いスキンヘッドの男性店主が大きな声で言った。

「よう、マリア！　しばらく振りだな！」

「ご、ご無沙汰しております！」

何とかマリアっぽく見せようと大きな声で返事をすると、店主が妙な顔をする。そして、「まあいいか」とつぶやくと、屋台の下からバケツをひょいと持ち上げた。

「今日はこれだ、脂がのっててうまいぞ！」

バケツの中を見て、シャーロットは思わず「ひっ」と叫びそうになった。手くらいの大きさの魚が十匹以上ピクピクと動いている。

「あ、あの、これ、生きて……」

「おうよ！　捕りたて新鮮、ぴちぴちよ！　籠を寄越しな！」

戸惑いながらも籠を差し出すと、店主が笑顔でバケツに入っていた魚をざばっと空けた。

「ほらよ、オヤジさんによろしくな！」

シャーロットは籠の中を恐る恐るのぞき込んだ。籠の底で魚がピクピクと動いている。

見ていたら気が遠くなってしまいそうな気がして、彼女は視線を逸らした。そして、なるべく見えないようにお腹のあたりで籠を抱えると、丁寧にお辞儀をした。

「お魚、ありがとうございます。ごきげんよう」

「お、おう……」

目をぱちくりさせる店主を残し、彼女は来た道を帰り始めた。途中で魚が落ちそうになるというハプニングがあるものの、何とか無事に宿屋に戻る。

籠を抱えて厨房に入ると、おかみさんが出て来た。

「ありがとう、助かったよ。疲れてないかい？」

「はい、大丈夫です。店主さんもとても親切な方でしたわ」

そうかいそうかい、とサラが笑顔でうなずいた。

「じゃあ、そろそろお昼にしようかね。ディックは今お酒の買い出しに行っているから、私が作ろうね」

「あたし、ぱんけーきがいい！」

「いいね、そうしようかね」

厨房に向かうコレットとサラの背中を見つめながら、シャーロットの視界がぼやけた。仕事をすればありがとうと言ってもらえ、疲れただろうと労《いた》わってもらえる。ここはなんと温かく優しい世界なのだろうか。

公爵家から見れば、吹けば飛ぶような小さな宿屋だが、その中身は公爵家なんかよりもずっと優しくて温かい。

その後、サラがパンケーキを作っている間に、シャーロットがお茶を淹れ、コレットがカトラリーを並べる。

そして、三人は厨房のテーブルで「いただきます」と声を合わせると、楽しくパンケーキを食べ始めた。

「おいしいね！」

「ええ、とても美味しいわ」

人と会話をしながら食べる素朴で優しい味に、思わず笑みがこぼれる。

お茶が少なくなってきたのを見て、シャーロットがお茶を追加で淹れると、サラが笑顔で口を開いた。

「ありがとね、あんたよく見てるね」

「そんな、わたくしなんて、大したことはありませんわ」

目を伏せながらそう言うシャーロットを見て、サラが不思議そうな顔をする。そして、「私は、あんたは大したことあると思うよ」と言いながら笑顔で立ち上がった。

「お代わりをする人はいるかい？」

「はーい！　あたしもっとたべたい！」

コレットが元気に手を挙げる。

「あんたもどうだい？」

「ありがとうございます、いただきます」

その後、シャーロットはサラに「急に働きすぎるのは体に毒だよ」と説得され、部屋で休むことになった。

ぐっすり寝て起きると、厨房で夕食の仕込みを手伝う。その後、二階でコレットに夕飯を食べさせてから、絵本を読んで寝かしつける。

そして、残っている仕事はないかしらと一階に下りると、ランプに照らされた厨房に、片付けを終えたディックとサラが座っていた。

シャーロットを見て、サラが微笑んだ。

「あんた、今日は本当によくやってくれたね。助かったよ」

「ありがとうな。お陰で今日は凝った料理が出せた」

ディックも嬉しそうにお礼を言う。

「そんな、わたくしなんて。マリアさんの記憶のお陰です」

シャーロットは顔を赤くした。心の中が温かくなる。

三人はお茶を飲んでおしゃべりをした後、そろそろ寝ようと二階に上った。廊下で別れて自室に入る。

自室はすでに真っ暗で、窓から空に丸い月が浮かんでいるのが見える。

その月をながめながら、シャーロットがつぶやいた。

「信じられないくらい一日が過ぎるのが早いわ」

王都では、朝起きてから夜寝るまでが、とても長くて辛かった。でも、今日は忙しく動き回っているうちに、あっという間に時間が過ぎていた。

(慌ただしかったけれども、とても充実していたわ)

そして、手早く寝る支度を整えると、「明日も一生懸命働きましょう」と思いながら、穏やかな気持ちで眠りについた。

第四章　学園と婚約者

シャーロットの体に入って、五日目の朝。

マリアは、緊張の面持ちで公爵家の紋章の付いた立派な馬車に乗っていた。行き先は、シャーロットが通っているという王立学園だ。

学園は貴族街の中心にあり、馬車の窓からは豪勢な屋敷が並んでいるのが見える。

その風景をながめながら、マリアは思った。わたしは本当に大丈夫なんだろうか、と。


ここ二日ほど、マリアはシャーロットが帰ってきた時に困らないようにと、本当にがんばった。記憶の助けを借りながら教科書を読んだり、今までのテストの問題を解いたりと、机にかじりついて必死に勉強した。

その甲斐あって、何とか問題文を読んで理解できるまでになり、やってみた過去テストではなかなかの高得点が取れ、彼女は胸を撫でおろした。

（うん、いける気がしてきた）

残る心配は、お貴族様の中に自分のようなド庶民が入ったら浮きそうなところだが、幸いシャーロットの記憶がある。体が覚えているから、食事やお辞儀、言葉遣いなどの所作も問題なくできる。あまりしゃべるとバレそうだが、黙っていれば問題ないんじゃないだろうか。

(何だか大丈夫な気がしてきた!)

しかし、そんなマリアの楽観的な考えは、すぐに粉砕されることになる。

学園登園初日、料理長が用意してくれた美味しい朝食を堪能していたとき、ララがこう尋ねて来たのだ。

「今日もいつも通り、早く行かれますか?」

「ええ、そうね」

いつも通りの方が良いよねと思いながら答えると、ララが同情するようにうなずいた。

「心配ですよね、生徒会。気になりますよね」

「……え?」

聞き慣れない言葉に、マリアは思わず固まった。

「えぇっと、今なんて言ったの?」

聞き返すと、ララがおずおずと答えた。

「あの、その、生徒会が心配かなと思いまして……」

「心配」

マリアは思わず眉をひそめた。心の中は嫌な予感でいっぱいだ。これは確認しておいた方が良さそうだと、ララに「ちょっと記憶が曖昧で」と尋ねたところ、驚くべき答えが返って来た。

「シャーロット様は、毎日生徒会室で遅くまで働いていらっしゃいました」

ララ曰《いわ》く、朝の登園時間も、生徒会の仕事をするために通常の一時間半ほど早い時間になっているらしい。

(ええ！ 何なの！ それ！)

マリアは慌てふためいた。授業やテストにばかり意識がいって、そんな事情があるとは夢にも思わなかった。

シャーロットの記憶を探ると、どうやら学園には自治組織があるらしく、シャーロットはその役員を務めているらしい。

(はあ……、次から次へと……)

マリアはげんなりした。勉強さえ何とかすれば大丈夫かと思っていたのに、どうやらそれだけではないらしい。

そして、ショック冷めやらぬまま馬車に乗り込んで学園に向かっている、という次第だ。

(憂鬱すぎる……)

マリアはため息をついた。生徒会の仕事内容について記憶を覗いてみたものの、文化祭やパーティの主催、クラブ活動の運営費の配分など、よくわからないことばかりだ。

(シャーロット、忙しくしすぎじゃない？　一体いつ遊ぶのよ)

そんなことを考えるマリアを乗せ、馬車は立派な門をくぐる。しばらく走ってロータリーのような場所に停まった。

「お嬢様、着きました」

御者の声に、マリアは我に返った。開けてもらった扉から馬車を降りる。そして、正面にそびえる建物を見上げて、思わずポカンと口を開けそうになった。

(え！　これが学園？)

それは見たことのないような美しい石造りの建物だった。所々に彫刻のような飾りが施されており、まるで建物自体が芸術品のようだ。敷地もかなり広く、タナトスにある広場よりもずっと広い。

（さすがはお貴族様の学校、教会学校とは比較にならないくらい豪華ね……。あまり人がいないのは、朝早いからかな）

いってらっしゃいませと御者に見送られ、マリアはとりあえず建物の中に入った。

ここからどうするのだろうと記憶を探ると、いつも朝一番に南棟にある生徒会室に行くことがわかった。

マリアは顔を顰めた。行きたくないが、普段と違う行動をしたら不審に思われる可能性もある。

（……ここは記憶に従った方が良さそうね）

そして、ため息をつきながら記憶を頼りに歩き出そうとした、そのとき。

「シャーロット嬢！」

後ろから明るい男性の声が聞こえてきた。

振り向くと、そこには朗らかな雰囲気の長身の男子学生が立っていた。

金髪に楽しげな青色の瞳、精悍《せいかん》な顔立ち。系統は違うが、見目だけであれば兄にも匹敵する美男子だ。

お貴族様ってどうしてこんなに皆かっこいいんだろうと思いながら、マリアは心の中で身構えた。

(……これは誰かしら)

シャーロットの記憶を探ると、この青年は、カルロス・リズガルだということがわかった。辺境伯家の三男で、学園の四年生、同じ生徒会に所属。年齢は二歳上で、二年ほど休学しており、一カ月前くらいに学園に戻って来たらしい。

(シャーロットとの付き合いは一カ月くらいで、ちょっと会話をしたことがある程度の仲なのね。これは気が楽)

カルロスはマリアに近づくと、気遣うように尋ねた。

「体調を崩したと聞いたけど、もういいのか?」

「ありがとうございます。この通り元気になりましたわ」

カルロスも生徒会室に行くとのことで、二人は並んで人気がない廊下を歩き始めた。

彼は女性に気を遣えるタイプらしく、マリアに歩調を合わせてゆっくりと歩いてくれる。

その横で、彼女はキョロキョロと周囲を見回した。

(何て言うか、本当に立派な建物ね)

公爵邸のようなキラキラした華美さはないが、白い壁にはシミ一つないし、下に敷いてある赤い絨毯《じゅうたん》もフカフカだ。

（掃除が大変そう。というか、どうやって掃除しているんだろう？）

そんなことを考えながら歩くこと、しばし。彼女は、ふと隣を歩いているカルロスが自分を見ていることに気が付いた。何だろうと顔を向けると、さっと目を逸らされる。

（何か変なことをしていたかな）

マリアが内心首を捻《ひね》っていると、彼が少しバツが悪そうに頭を掻《か》いた。

「すまない、不躾《ぶしつけ》だった」

「何か気になることでもありまして？」

「いや、大したことじゃない」

マリアは思った。それ一番気になるやつじゃないか、と。

「その言い方、言われた方はすごく気になると思いません？」

「……確かに」

マリアに「さあ、おっしゃって」と促され、カルロスが観念したように口を開いた。

「……まあ、つまらない話なんだが、昨日、シャーロット嬢そっくりの女性を見掛けたんだ」

「昨日？」と、マリアは首を傾げた。

「昨日のいつですか？」

「早朝だ」

カルロス曰く、朝早く庭で剣の練習をしていたところ、隣の敷地からベーコンを焼くような香りが漂ってきたらしい。

「気になって見に行ったら、女性が一人でベーコンエッグを作って食べていたんだ」

それ明らかにわたしのことじゃんと思いながら、マリアは遠い目をした。

（隣の家は盲点だった……）

家の人に気付かれないように、敷地の端でやったのが失敗だった。よく考えてみれば、風向きもバッチリ隣の敷地向きだった気がする。

（シャーロットらしく大人しく過ごそうと思っていたのに、いきなりバレてる！）

内心焦るものの、マリアは自分を落ち着かせた。こういう時は、酒屋のおばさん直伝の良い手がある。

彼女は、にこやかに尋ねた。

「その女性を見たのは、カルロス様お一人ですか？」

「ああ、俺一人だ」

それはとても好都合ねとマリアがうなずく。そしてカルロスの顔を見上げると、にっこりと笑った。

「カルロス様、それは幻です」

「……幻」

「はい、よくあるアレですわ。泥酔した翌日に朝ご飯を食べているつもりでいたら、枕をかじっていた、的な」

「……それは、よくあることではない気がするが」

「……」

不思議な沈黙が、二人の間を流れる。

ここは押し切るしかないと、マリアが再びにっこり笑った。

「まあ、とにかく。それは誰が何と言おうと、幻です」

「……そうなのか」

「ええ、そうです。間違いありません」

カルロスが、マリアから顔を背けると、肩を震わせて笑い始める。そして楽しそうな顔でうなずいた。

「なるほど、そういうことなら忘れた方が良さそうだ」

「ええ、忘れるのが一番ですわ」

勝った！　とマリアは満足げに笑った。久々に気兼ねなく人と話せたせいか、こちらに来て初めて心から笑った気がする。

その後、資料を取ってきてから生徒会室に向かうと言うカルロスと別れ、マリアは階段を上った。赤絨毯の廊下を歩いて『生徒会室』というプレートのかかった部屋の前に到着する。

そして、ノックをして「失礼します」と開けると、そこは紺色の高そうな絨毯が敷かれた大きな部屋だった。大きなマホガニーの机や本棚が並んでいる。

その机のうち一つに、一人の女子生徒が座って何かを書いていた。

紺色の髪と瞳の、銀縁眼鏡をかけた頭の良さそうな女子生徒で、整った顔立ちから受ける印象は非常にクールだ。

彼女は、シャーロットを見ると立ち上がった。

「おはようございます。体調はもうよろしいのですか？」

「おはようございます、ご心配お掛けしました」

そう挨拶しながら、マリアは記憶を探った。この女子生徒の名前は、バーバラ・パーカー侯爵令嬢で、同じ四年生らしい。

（ずいぶん大人っぽく見える人ね）

そんなことを考えながら、マリアが記憶に従って自分の席に座ると、バーバラが書類束を持ってきた。

「お休みされていた間の仕事ですが、わたくしとカルロス様で出来る範囲はやっておりますので、決裁だけお願い致します」

「わかりました、ありがとうございます」

なるべくシャーロットっぽくお礼を言うと、マリアはドキドキしながら渡された書類に目を通した。書類にはメモが付けてあり、大変わかりやすくなっている。

書類とメモを併せて読んで、シャーロットの記憶で何とかなりそうだとわかり、彼女はホッと胸を撫でおろした。

（良かった。こっちはそこまで苦労しなくて済みそう）

そして、書類から顔を上げて机の上に目をやって、彼女は「はて」と首をかしげた。

手のひらほどの分厚い封筒らしきものが複数、机の端に無造作に積んである。数を数えると、五つ。

（……これ、何？）

椅子に座って封筒の中身を見て、マリアは更に首をかしげた。

（小麦収穫量報告書？　こっちは橋の建設申請書、会議出席者の承認……？）

バーバラの書類とは明らかに色の違う内容に、記憶を探る。

そして、それらが婚約者であるダニエル王子から押し付けられている王宮の仕事で、五つの封筒の意味が「彼女が体調を崩していた日の数」だとわかり、彼女は盛大にため息をついた。

（……何これ、最悪）

つまり、自分の婚約者が倒れても心配するどころか仕事を押し付けてきた、ということになる。

もしかして何か事情があるのかもしれないと、ダニエルの仕事関係の記憶を探ってみるものの、出て来た記憶は酷いものばかり。

どうやら生徒会会長であるダニエルは、全ての仕事を副会長であるシャーロットに押し付けているようだった。しかも王宮の仕事も同様で、全てシャーロットにやらせて自分の手柄にしているらしい。

マリアは思わず眉を顰めた。

（何これ、何でこんなことになっているのよ）

その理由について探ってみると、どうやら今回は相手だけではなく、シャーロット自身にも問題があるようだった。

（……なるほど。王様と王妃様には「手伝わないで」って言われているのに、手伝ってしまっているのね）

記憶によると、一カ月ほど前、父親と共に呼ばれたお茶会で、王子の両親である国王と王妃に「ダニエルの仕事を手伝わないで欲しい」と言われたらしい。

『あの子、あなたに甘えて遊び回っているわ、やるべきことはやらせて』

『特に王宮の仕事と卒業研究は、必ず本人にやらせてくれ』

『もしも嫌がるようであれば遠慮なく言って。わたくしから注意するわ』

ちなみに、こう言われたのは何度目かで、この時は特に念入りに言われたらしい。

（どうやら王様と王妃様はまともな人みたいね）

察するに、王と王妃に注意されたものの、ダニエルの頼みを断り切れず、ずるずるとやってきてしまった、というところだろう。

マリアは思案に暮れた。正直こんな仕事はしたくないし、王様と王妃様のお願いに従わないのは、どう考えても駄目だ。これはキッチリ断ろう。

マリアは、立ち上がって周囲を見回した。部屋の中央に置かれた一際大きくて立派な執務机が王子のものだとわかると、机の上の五つの封筒の束に手をかけた。

（お、重い……）

どうやって運ぼうかと考えていると、ドアが開いて、カルロスが入ってきた。

ちょうど良いところに来てくれたわ、とマリアがにっこりと笑った。

「カルロス様、お手伝いお願い出来るかしら」

彼が、もちろんだという風にうなずいた。

「何をすればいい？」

「この封筒の束を、ダニエル様の机の上に移して下さいますか」

カルロスが軽く驚きの表情を浮かべながらも、ひょいと封筒五つを持ち上げて、ダニエルの机の上に置いてくれる。

マリアはペンで便箋に、

『国王陛下の命により、ダニエル様の仕事は、今後一切お手伝いできません』

と書くと、それを封筒の上に載せて、清々《すがすが》しい顔でカルロスを見上げた。

「運んでくださってありがとうございます」

「あ、ああ……」

カルロスが、驚きの表情で点頭する。

そして彼女は、同じく驚きの表情を浮かべるバーバラに、「先に教室に行きますわね」と、にっこり笑いかけると、足取りも軽く生徒会室を後にした。

◇◇◇

生徒会室から出たマリアは一階に下りた。記憶に従って教室のある校舎へと廊下を歩き始める。

廊下には、たくさんの生徒たちが歩いており、先ほどまで閑散としていたのが嘘のようだ。

(同じ年くらいの人をこんなにたくさん見たのは初めてかも。みんなすごく綺麗にしている)

まず目がいくのは、女子生徒たちの髪だ。みんな髪の毛がつやつやで、下ろしたり綺麗に結い上げたりと、明らかに手間がかかっている。男子生徒たちも同様で、髪を長くして束ねている者もいる。

(なるほどねえ。だからララがあんなにブラッシングをがんばってくれたのね)

マリアは深呼吸すると、なるべくシャーロットっぽく見えるようにゆっくりと歩き始めた。途中で何人かの生徒たちに「おはようございます」と声を掛けられ、「おはようございます」と返す。

そして教室に到着すると、そこは階段状の不思議な場所だった。段の部分に机が置いてあり、一番下に大きな黒板と教壇がある。これが教室のどこからでも黒板と教師がよく見えるようにという工夫であることに気が付き、マリアは感心した。

（これを考えた人は天才ね！）

そして、記憶に従っていつも座っている一番後ろの窓際の席に行くと、鞄を机の上に置いて腰を下ろした。

教室にはすでに二十名程度の生徒たちがおり、正面を向いて座っていたり、隣同士で楽しそうに話をしたりしている。マリアが来たことに気が付き、振り向いて会釈や挨拶をしてくる。

マリアは「おはようございます」と挨拶を返しながら、鞄を机の中にしまった。

窓の外を見ると、そこは太い木がたくさん植わっている緑豊かな庭園で、若葉が春風に揺れているのが見える。

（あの木、昔からここにある感じがする。この机と椅子も古いし、歴史がありそう）

マリアがぼんやりと外をながめていると、ゴーンゴーン、という重厚な鐘の音が校舎内に鳴り響いた。教室前方の扉が開き、教師と思《おぼ》しき中年の女性が入ってくる。

(さあ、いよいよね)

マリアはぐっと気合を入れると、背筋を伸ばして前方に目を向けた。

◇◇◇

授業が始まって数時間後の、お昼前。

マリアは、感心しながら前方の教師をながめていた。若い女性の教師が、国の地図を指差しながら、各地の気候の特徴について話をしている。

(この授業も、なかなか面白い)

がんばって勉強をしたお陰か、シャーロットの記憶があるせいか、マリアは意外と授業を楽しんでいた。

(さっきの算術の知識も、宿の帳簿付けに使えそうだったし、この地理の授業も、遠方から来たお客様との共通の話題になりそうだし、いい感じね)

元に戻った時に記憶がなくならないといいけど、と思いながら、シャーロットが戻ってきても困らないようにと、授業の内容をノートに丁寧にメモしていく。

ちなみに、休み時間などは、「話しかけるなオーラ」を目一杯出して熱心に教科書を読んでいるフリをしてやり過ごしている。

もともと生徒会の仕事とダニエルに押し付けられた仕事で、クラスメイトたちと交流する時間もなかったようなので、特に違和感を持たれていないようではあるが……。

(それもなんだかなって感じよね)

そして、午前中の授業が終わると、マリアは素早く教科書を片づけて立ち上がった。話しかけられないようにと、さっさと教室を出る。廊下を歩きながら、次はどうするのかと記憶を探ると、いつも食堂で軽食を買って、生徒会室で一人仕事をしながら食べていることがわかった。

(生徒会室、ねえ……)

マリアはため息をついた。

あの場所は何だか落ち着かない。お昼くらいは好きに過ごしたい。

彼女は、食堂で「肉厚ボリュームサンドイッチ」と飲み物を買うと、誰もいない裏庭の奥に向かった。建物から見えないように木陰に入って芝生の上に座ると、木漏れ日の下でサンドイッチを食べる。

「ん～！　美味しい！」

ディック父さんの料理を思い出すわ、と思いながら美味しく食べ終わると、彼女は木に寄りかかった。鳥の声と爽やかな風が緑色の葉を揺する音を聞きながら、そっと目をつぶる。

思い出すのは、港町タナトスにある宿ふくろう亭のことだ。

(今日は洗濯の日だけど、大丈夫かな……)

自分がいなくて宿は回っているのだろうかと不安になる。

シャーロットの性格からすると、手伝おうとはしてくれると思うが、果たして働いたことのないお貴族様がどのくらい働けるのだろうか。

(いずれにせよ、早く元に戻る方法を見つけないと)

マリアは起き上がると、教室に戻った。

そして午後の授業が終わり、記憶に従って生徒会室に行くと、カルロスが書類を見ていた。

「ごきげんよう、カルロス様」

「こんにちは、シャーロット嬢」

朝よりも親しげに挨拶を交わす。そして、

「バーバラ嬢は今日、用事があって来ないそうだ」

「そうなのね。わかったわ」

という会話を交わしながら、マリアが席に座ろうとした、そのとき。

バタン、と突然ドアがノックもなく開かれ、三人の男子生徒が入ってきた。

先頭の青年を見て、シャーロットは思い当たった。

（あれ、もしかしてダニエルって婚約者じゃない？）

茶色の髪に金色の瞳。ひと目で身分の高さがわかる、傲慢そうな美青年だ。

後ろに立っている男子生徒たちも、みんな顔はいいが意地悪そうだ。

ダニエルは挨拶もせず自分の机に向かうと、五つの封筒と、朝シャーロットが置いた手紙をわざとらしくながめた。そして、これまたわざとらしく大きなため息をつくと、見下すような目でマリアを見た。

「これはどういうことか説明してもらおうか、シャーロット・エイベル」

「……見たままですわ、殿下」

何がわからないのかわからないわ、と思いながらマリアが答えると、ダニエルがまたもや、わざとらしくため息をついた。

「私は、君の存在価値のために、仕事を依頼していたのだけれどね」

「……何をおっしゃりたいのでしょうか？」

マリアが本気でわからずに尋ねると、ダニエルがニヤリと笑った。

「私の望みは、君が存在価値を示し続けることだ」

マリアは考え込んだ。つまり、自分の仕事を押し付けていたのは、シャーロットの価値を高めるためで、それを続けろということだろうか。

（何を言っているの、この人。王様がダメって言っているんだからダメでしょ）

マリアは、ダニエルをまっすぐ見て言い放った。

「申し訳ありませんが、お断りいたします」

「……正気か？」

「はい、そこの便箋に書いてある通りです。国王陛下の命により、お手伝いは致しかねます」

「ふん、価値を示すつもりはないということか」

威圧するように言うダニエルに、マリアが平然とうなずいた。

「国王陛下の命令に比べれば、私の存在価値などゴミ同然ですわ。ゴミを重視して陛下の命令に背くなど、私にはできかねます」

部屋の奥で、カルロスが軽く吹き出す音がする。

ダニエルが、怒りの表情を浮かべた。

「随分と偉くなったものだな、私が望んでいるのだぞ？」

「国王陛下の命令よりも、ダニエル様の望みを優先しろということですか？」

「そこは自分で判断すればよい」

つまり、自分は責任を取らないから、お前が自らやれってことね、とげんなりする。

相手にするのが面倒臭くなってきた。そして、そうだ、とポンと手を叩《たた》いた。

「そうですわ、良いことを思いつきました。王妃様に相談しましょう」

「……は？」

「私には判断できませんので、王妃様に相談させて頂いてご指示を仰ぐことにします。幸い王妃様も、この件で何かあればすぐに相談するようにとおっしゃっておられましたし。王妃様がダニエル様の仕事をしても良いというのであれば、もちろん喜んでお手伝いさせて頂きますわ」

にっこり笑うマリアを、ダニエルが忌々しそうに睨みつける。

すると、カルロスが穏やかに口を開いた。

「殿下、ご自分の婚約者に、国王陛下からの命令を無視させるように圧力をかけるのは、さすがに如何《いかが》なものかと思われますが」

「……」

「それに、殿下の生徒会会長としての役割は、全てシャーロット嬢が執り行っている状態です。十分価値を示されているのでは？」

そして、シャーロットの方を向くと、にっこり笑った。

「今日はもう終わりですので、行きましょうか」

「ええ、行きましょう」

そして、二人は悔しそうな顔をするダニエルに一礼すると、部屋の外に出て廊下を歩き始めた。

カルロスが、おかしそうに笑った。

「どうしたのですか？」

「いや、面白いものを見てしまったなと思っていた」

まあ、確かにシャーロットがやりそうにはないものねと思いながら、マリアが苦笑いする。そして少し不安になって尋ねた。

「カルロス様は、これで何か不都合が起こると思いますか？」

「いや、むしろ不都合が起こらなくなったと思うが」

そう微笑むと、カルロスが申し出た。

「馬車乗り場まで送るよ」

「あ、いえ、今日は図書館に寄って本を調べようかと思いまして」

「では、図書館まで付き合おう」

二人は一階に下りると、渡り廊下を歩き始めた。

緑が美しい中庭では、たくさんの生徒たちが楽しそうにおしゃべりをしている。

そして、渡り廊下を抜けて古い校舎に入って細い廊下を歩くこと、しばし。二人は大きくて重厚な扉の前に到着した。

「着いたな」と、カルロスがドアを開く。

そこに広がる光景を見て、マリアは思わず声を上げそうになった。

(すごい！　大きい！　本だらけ！)

見上げるような天井に、室内とは思えないほど広い空間。見渡す限り、背の高い棚が並んでおり、どの棚にも本がぎっしりと詰まっている。

驚いて声も出ないマリアの横を、カルロスが慣れた様子で入っていく。そして、動かないマリアを不思議そうに振り向いた。

「どうした？」

「あ、ええっと、何でもないです」

そう言われて、マリアは、はっと我に返った。驚いていたら変だわと表情を戻すと、カルロスの顔を見上げる。

「送っていただいてありがとうございます。私、いきます」

彼はチラリと廊下を見ると、うなずいた。

「ああ、俺も少し本を読んでいくから、中まで一緒に行こう」

マリアは図書館の中に入った。カルロスと別れると、キョロキョロしながら図書館内を歩き回る。あまり人はおらず、司書たちの他に生徒が数名いるくらいだ。

（静かね。古い紙のにおいが不思議な感じ）

そして、記憶を頼りに隅にあるカウンターに行くと、眼鏡をかけた司書の女性が顔を上げた。

「何か本をお探しですか？」

「はい、体が入れ替わってしまう話を読みたいのですが」

「童話の方ですか、学術書の方ですか」

よくわからないまま「童話」と答えると、司書の女性が立ち上がった。奥の本棚に案内してくれると、そこには童話と思われる本がズラリと並んでいた。女性がその中から本を三冊取り出した。

「こちらになります」

マリアは内心顔を顰めた。正直本は好きではない。三冊も読むとなると、童話とはいえ気が重い。

(でも、そんなこと言っている場合じゃない)

彼女はお礼を言うと、本を受け取って近くの長机の上に置いた。ふかふかの椅子に座り、一冊取ってページをめくる。

(ふむふむ、この話では、王子様と貧乏貴族の少年の体が入れ替わったのね)

本によると、お城に住んでいた王子様と、朽ち果てたお城に住んでいた貧乏貴族の少年が病気になり、気が付くと体が入れ替わっていたらしい。

(わたしたちと似ている)

彼女は鞄からノートを出すと、熱心に本を読み始めた。大切そうな内容は丁寧にメモをとっていく。

図書館はとても静かで、時折聞こえてくる生徒が出入りする音や、椅子を引く音以外は、シンと静まり返っている。

そして、ようやく三冊とも読み終わり、マリアは軽く伸びをしながら思案に暮れた。

(面白かったけど、元に戻る方法が見つかるような内容ではなかったわね)

三冊とも子ども向けの話といった感じで、残念ながら元に戻る手がかりになりそうなことはほとんど書いていなかった。

しかし、全く収穫がなかったわけでもなく、あとがきには、こうした魂が入れ替わる話が各地にあり、研究している学者もいると書かれていた。

(もしかすると、学術書とかいう本に書いてあるのかもしれないわ)

司書の女性に聞いてみようと、彼女が席を立とうとした、そのとき。

ゴーン、ゴーン、という大きな鐘の音が図書館に響いた。司書の一人が「閉館の時間です」と大きな声で知らせる。

(なるほど、五時で閉まるのね)

立ち上がってノートと筆記用具を鞄の中にしまっていると、奥に座っていたと思われる男性が近寄ってきた。

「手伝おう」

顔を上げると、そこにはカルロスが立っていた。テストが近いので勉強していたらしい。

二人は本を元の場所に戻すと、カウンターにいた司書の女性にお礼を言って図書館を出た。

外は夕日のオレンジ色に包まれていた。中庭にはもう誰もおらず、夕方の少し冷たい風が木の葉を揺らしている。

「馬車乗り場だな」

「はい」

二人は、話をしながら馬車乗り場に向かって廊下を歩き始めた。

カルロスの話では、彼は今勉強にかなり苦労しているらしい。

「二年間休学をしていて戻ってきたら、すっかり勉強の内容を忘れていてね。授業内容は難しく感じるし、テストも良い点が取れる気がしないんだ」

あら、事情は違うけどわたしと同じねと思いながら、親近感を覚える。

記憶にもなかったことから、どうして休学をしたのかと問うと、意外な答えが返って来た。

「辺境伯領が、狂暴化した魔物に襲われたんだ」

「魔物、ですか」

「ああ、隣国との国境沿いにある山から、見たことのない数の魔物が降りてきてね。父上と兄たちで対応していたんだが、人手が足りなくなって帰ったんだ」

そうだったんですねと相槌《あいづち》を打ちながら、マリアは思った。お貴族様って噂で聞いていたほど気楽そうじゃないわと。

（学園に通って勉強しなきゃいけないし、領地がピンチになったら率先して守らないといけない。結構大変よね、平民の方が貧乏だけど気楽な気がするわ）

そして、ふと廊下の先を見て、彼女は肩をピクリと震わせた。視線の先にいるのは、ダニエル王子と一緒にいた性格の悪そうな男子生徒二人だ。彼らはマリアの横を歩いているカルロスを忌々しそうに見ると、廊下の奥へと消えていった。

マリアはそっと横を歩くカルロスを見た。もしかして、こうなることがわかっていて付き合ってくれたのかもしれないと思うが、気にする様子もなく話を続ける彼を見て、何も言わずに黙って横を歩く。

そして、馬車乗り場に到着した二人は、「また明日」と挨拶をかわすと、それぞれの馬車で家へと帰っていった。

【幕間】義妹イリーナ

マリアが引っ越しをした翌週、空がどんよりと曇った肌寒い午後。

エイベル公爵家の二階の自室で、シャーロットの義妹イリーナが、般若《はんにゃ》のような顔で年若いメイドを責め立てていた。

「ちょっと！　お茶が熱すぎるって何度言ったらわかるの！」

「も、申し訳ございません……」

「あなた、私のことを馬鹿にしているのね！」

「め、滅相もございません、お、お許しください」

必死に頭を下げるメイドを見ながら、イリーナは爪を噛んだ。

（どうしてこんなに、何もかも上手くいかないのよ！）

そして、収まらない気持ちを更にぶつけようと、メイドを打つために立ち上がった、そのとき。

「……おやめなさい」

部屋の入口から、落ち着いた女性の声が聞こえてきた。振り返ると、そこにいたのは母である公爵夫人だった。

「でも、お母様、この者が……」と、イリーナが口ごもりながら言い訳をする。

夫人は怯えるメイドを下がらせると、「気分を変えましょう」とイリーナを屋敷の外に連れ出した。

曇り空の下、庭園を通り抜けて白い東屋《あずまや》に入る。そして、後ろに付いてきたメイドにお茶の準備をするように命令すると、イリーナを座らせた。

「少し落ち着きなさい」

イリーナが、イライラした顔をしながらも、大人しく椅子に座る。

夫人はお茶を持ってきたメイドたちを下がらせると、娘に向かって冷たく言った。

「王族になりたいのなら、あなたのそのすぐにカッとなって物や人に当たるクセを直しなさい」

「だって許せないわ！」とイリーナが机を叩きながら叫んだ。「あの薬とお菓子、全然効かなかったじゃない！」

夫人が落ち着いてお茶に口をつけた。

「効かなかった訳ではないでしょう」

「効かなかったわ！　あの子《シャーロット》ピンピンしてるじゃない！」

夫人がカップをソーサーの上に置きながら、冷静に言った。

「あなたもあの場にいて説明を聞いていたでしょう。あの眼鏡の若い男はこう言ったわよね。『量が少なければ、舌が痺れてしゃべれなくなるくらいで終わるから、しっかりと食べさせる必要がある』と」

「……」

「それを怠ったのは私たちよ」

「……でも……、まさかあの子が食べたふりをしていただなんて思わなくて……」

うつむくイリーナを見ながら、夫人がため息をついた。

「終わったことは仕方ないわ。それと、当分あの子に何かするのは止《や》めよ」

「っ！　どうして⁉」

「公爵様が疑っていらっしゃるわ。恐らくクリストファー様も。ここで動いたら危険よ」

父親と義兄の名前が出て、イリーナがグッと詰まる。

夫人が厳しい口調で言った。

「当分は疑われないように行動しなさい。自分こそが王族の伴侶に相応しいと、公爵様に証明するのよ」

「……わかりました」

イリーナが、悔しそうな顔でギリッと爪を噛む。

その後、夫人は用事があるとのことで、そのまま外出し、イリーナは一人で館に戻った。イライラとした表情で爪を噛みながら部屋に戻る。

彼女は侍女たちを、「しばらく入ってこないように」と部屋から追い出すと、中から鍵を閉めた。

そして、いつも首からぶら下げている鍵を手に部屋の隅のカーテンを開ける。カーテンの先には大きなクローゼットがあり、観音開きの扉が固く閉じられている。

彼女は、持っていた鍵を鍵穴に挿して、くるりと回した。両手で扉を開けると、そこにあったのは、一本の鋭いナイフと、切り傷だらけのシャーロットの肖像画、シャーロットが置いて行ったボロボロのドレスだ。

イリーナは忌々しそうに肖像画を睨みつけると、ナイフを手に取って肖像画を力任せに切りつけた。

「なんで死なないのよ！」

彼女は心の底からシャーロットを憎んでいた。

幼少の頃から、周囲はみんな本妻の娘であるシャーロットを誉《ほ》めそやし、イリーナのことを貶《けな》した。家庭教師たちは「出来の良い本妻の娘に比べて、外見だけのバカな愛人の娘」と彼女を蔑み、父親はイリーナに見向きもしない。母親はため息まじりにこう言った。「あなたがシャーロットのように優秀だったら、王族になれたのに」と。

だから、本妻が亡くなって、愛人だった母親が本妻の座に就いたとき、彼女は徹底的にシャーロットを叩き潰そうと決心した。比べられて苦しかった自分と同じ苦しみを味わわせてやろうと、使用人たちに彼女を蔑ませた。ダニエルに近づいて誘惑し、自分のモノにした。

これらに飽き足らず、自分を王族にしたくてたまらない母親と結託して、彼女を殺そうと企《たくら》んだ。

しかし、結果は失敗。状況が悪化してしまった。

「なんでこんなに上手くいかないのよ！」

イリーナは、肖像画の横に置いてあるシャーロットのボロボロのドレスを摑むと、乱暴にクッションの上に投げつけた。馬乗りになって、力任せにナイフを突き立てる。

クッションの羽毛が狂ったように部屋を舞うのも構わず、何度も何度もナイフを突き立てる。

そして、気が済むまでクッションとドレスをずたずたにした後、彼女はそれをヒールの踵《かかと》で踏みつけながら低い声でつぶやいた。

「今に見ているといいわ、笑っていられるのも今のうちよ」

第五章　マリア、元に戻るために奮闘する

それは、体が入れ替わって三カ月後の、少し蒸し暑い夏の夜のことだった。

シンと寝静まった別邸二階にあるランプの灯った自室にて、マリアが机の上に突っ伏して呻いていた。

「うう……、これはしんどい……」

目の前に置いてあるのは一冊の分厚い専門書で、魂の入れ替わり研究の第一人者が書いたものだ。これならばきっと戻る方法がわかるに違いないと、一カ月近くかけて必死に読んだのだが、結果はまさかの収穫ゼロ。血のにじむような努力がほぼ無駄になってしまった。

マリアは、天井を虚ろな目で見上げた。

「……わたし、本当に、元に戻れるのかな……」

◇◇◇

マリアはシャーロットとして生活をしながら、何とか元に戻ろうと必死に頑張っていた。

毎日学園の図書館に通い、「本を読むくらいなら外で働きたいなあ」などとぼやきながら、魂の入れ替わりについて書かれた文献を読《よ》み漁《あさ》った。

また、これと並行して、宿ふくろう亭に手紙を送った。自分の体が心配だったし、すぐに戻れそうもないから、無事だと連絡をとっておいた方が良いと思ったからだ。シャーロットと連絡が取れれば、元に戻るためのヒントが得られるかもしれないという期待もあった。

手紙の内容は、こんな感じだ。

『みなさん、お元気ですか。

わたしは今、シャーロットという女の子として王都で暮らしています。最初は戸惑いましたが、何とか普通に暮らせています。今住んでいるところは別邸と呼ばれている家で、庭に林と水の飛び出る池があります。

そちらはどうでしょうか。今、図書館で元に戻る方法を調べています。お互い気が付いたことがあったら連絡を取り合いましょう。　マリア追伸：学園や生徒会活動も問題なくやっています。ララも元気です』

手紙は怪しく見えないように、よくある安そうな封筒に入れて、ララに頼んで、貴族街の外にある庶民の街の郵便局から出してもらった。

港町タナトスまで、馬車で一、二週間ほどと聞く。マリアの予想では、一カ月くらいしたら返事が帰ってくるはずだった。

しかし、待てど暮らせど返事が来ない。そして、とうとう二カ月が過ぎ、さすがに時間がかかり過ぎだと、ララに状況を聞きに行ってもらったところ、とんでもないことが発覚した。

「え！　一年かかることもあるの？」

「あ、はい。局員さんの話では、遠方に向けての手紙は、手紙が溜まるのを待って郵送を開始するので時間がかかるらしいです。あと、郵送を頼んだ商人さんが運ぶのを忘れて遅れることもあるみたいで」

マリアは肩を落とした。それでは手紙はまだ届いていないだろう。むこうから出した手紙がこちらに届いていない可能性もある。

（残念だけど、連絡は取れないと考えておいた方が良さそうね……）

その後、学校の図書館の文献を全て読み終えた彼女は、より詳しい資料を求めて王立図書館に向かった。

司書から、魂の入れ替わり研究の第一人者が書いた専門書を勧められ、その分厚さにげんなりしながらも、これならきっと何かわかるだろうと借りてくる。

そして、「難し過ぎる」「もう一生本は読まない」などとブツブツ言いながら、一カ月近くかけて必死に読んだのだが、収穫はまさかのほぼゼロ。真夜中に絶望する羽目になった、という次第だ。

マリアは深いため息をついた。まさかの結果に体が灰になった気分だ。

もう投げ出してしまいたい気持ちでいっぱいだが、彼女はぐっと堪えた。元に戻るためには、こんな所で立ち止まる訳にはいかない。

彼女は、のろのろと机の上に置いてあった分厚いノートを取り上げると、ぱらぱらとめくりはじめた。中には戻り方を調べた際のメモがびっしりと書かれている。

それらをながめながら、マリアは思案に暮れた。

（……あの本を読んでわからないとなると、元に戻る方法の研究自体がされていないのかもしれない）

色々な資料を読んで感じたのは、この分野の研究者たちの関心が「なぜ入れ替わりが起こるのか」に集中していることだ。そのためか、元に戻る方法については、ほとんど触れられていないのが実情だ。

しかし、それら資料の読み込みが全部無駄になったかというと、そうではなく、マリアは有用と思われる情報を幾つか見つけた。

そのうち一つが、自分たちとよく似た事例だ。

入れ替わりが起こったのは十歳くらいの男の子二人で、記録によると「入れ替わる際に、水が流れる不思議な場所で相手と会った」らしい。そして、その事例については、元に戻った時の状況もわかっており、「元に戻る時も、入れ替わった時と同じ場所で相手に会った」と書いてあった。

この事例のメモをながめながら、マリアは思った。

(もしかすると、もう一度黄泉の川でシャーロットと会えれば、元に戻れるかもしれないわね)

入れ替わった場所でもう一度会えば元に戻れる、というのは自然な考え方な気がする。問題は、どうやって黄泉の川に行くかだが……。

(……あそこって、生死の境をさまよう人間が辿り着く場所なのよね)

マリアは苦笑いした。元に戻るためとはいえ、また死にかけるのは、さすがに危険すぎる。

「はあ……、しんどいなあ」

彼女は何度目かのため息をついた。これさえ読めば何とかなるだろうと期待して読んだ本が不発に終わり、行き詰《づま》ってしまった。

（……とりあえず、寝ようかな）

今考えても、きっと思考がぐるぐる回るだけだ。ちゃんと寝て、また明日改めて考えよう。

彼女はヨロヨロと立ち上がった。机の上をざっと片付ける。そして倒れるようにベッドにもぐりこむと、嫌なことを忘れるように眠りについた。

◇◇◇

分厚い専門書に失望させられた翌日、夏の虫の声が外から聞こえてくる、のどかなお昼過ぎ。

本日最後の授業が終わったマリアが、教室の隅で鞄を片付けていた。

「シャーロット様、お先に失礼致しますわ」

「ごきげんよう、シャーロット様。また明日」

女子生徒たちが挨拶をして、楽しげに教室を出て行く。

無難に挨拶を返しながら、マリアはのろのろと立ち上がった。鞄を持って教室を出る。

そして、逡巡の末、彼女は馬車乗り場の方角に向かって歩き始めた。いつもなら生徒会室に行って仕事をするのだが、今日はそんな気になれない。

(今日はもう帰ろう)

ちなみに、元に戻る方法探しとは対照的に、学園生活については上手くいっている。

授業や勉強もかなり慣れてきたし、テストも良い点が取れている。生徒会活動も問題なくこなせている。シャーロット本人が超多忙で人とほとんど交流できていなかったお陰もあり、中身が入れ替わっていることもバレていない。全体的に努力が報われている格好だ。

(元に戻る方法探しも、これくらい順調にいけばいいんだけどな……)

そんなことを考えながら、マリアは廊下の窓から外をながめた。真っ青な空に白い雲がぷかりと浮かんでいる。

（もう夏ね……）

ぼんやりと空をながめながら廊下を歩く。そして、階段を降りようと角を曲がった、そのとき。

「シャーロット嬢！」

後ろから聞き覚えのある声が聞こえて来た。立ち止まって振り向くと、そこにいたのは笑顔のカルロスだった。

「こんにちは、カルロス様」

挨拶をしながら立ち止まると、彼は気さくに手を振りながら近づいてきた。

「今日は帰るのか？」

「ええ、生徒会室には明日行こうと思って」

「そうか。では馬車乗り場まで送ろう」

二人は少し距離を開けて並ぶと、階段を降り始めた。

「空を見ていたが、何か気になるものでもあったのか？」

「ええ。雲がふかふかのクッションみたいだなと思いまして」

「そうか？　俺はパンにしか見えない」

「それ、お腹が空いているからだと思いますわ」

マリアの指摘に、カルロスが、「確かに」と明るく笑う。

カルロスとは、この三カ月でかなり親しくなった。

同じ生徒会のメンバーであることに加え、隣に住んでいるので、ちょくちょく会うのだ。庭を散歩中に会って、柵越しに立ち話をすることもある。

何となく馬が合うことに加え、彼自身も貴族らしくない気取らない性格のため、今では最も気安く話ができる人物の一人だ。

二人は話をしながら、ゆっくり馬車乗り場に向かった。テストの結果や季節の話など、他愛もない話に花を咲かせる。

そして中庭に面した渡り廊下を歩いていた、そのとき。不意に、生徒たちのざわめく声が聞こえてきた。

何だろうと声の方向に顔を向けて、マリアはげんなりとした表情になった。

（……嫌なものを見てしまったわ……）

視線の先にいるのは、中庭の中央に仁王立ちをするダニエル王子と、あざとい表情を浮かべた義妹のイリーナだった。様子から察するに、他の生徒と何か揉《も》めているらしい。

ちなみに、王子とイリーナは体を密着させるように腕を組んでおり、どう見ても距離感がおかしい。

（……何か問題になっているみたいだけど、どうせロクなことじゃないわね……）

マリアは遠い目をした。

思い出すのは、二カ月前、謹慎が明けて学園に出てくるようになったイリーナとダニエル王子が、人目をはばからずイチャついていた姿だ。

（あれは本当に驚いたわね……）

シャーロットの記憶を見て、二人が只《ただ》ならぬ仲であるのは感じていたが、実際に見るとすごいインパクトだ。姉の婚約者に手を出す妹も凄いが、婚約者の妹に手を出す男も信じられない。

シャーロットの記憶によると、婚約者のそういった行為については注意するべきものらしいので、嫌々ながら、

「イリーナと親密過ぎるのはお控えください」

そう王子に提言してみたのだが、「ふん、嫉妬か」と、傲慢そうに鼻で笑われた挙句に、

「お前が自分の価値を示すなら、考えてやらないでもない」

上から目線で、王宮の仕事を押し付けようとしてきたので、それきりとなった。

シャーロットが戻って来た時に不都合がないように努力しようと思っているが、さすがにアレの対処は無理だ。

（シャーロットには申し訳ないけど、これについては戻ってから何とかしてもらうしかないわね。わたしの手に負えないわ）

はあ、と深いため息をつくマリアを、カルロスが気の毒そうな目で見た。何か言おうと口を開くが、躊躇《ためら》うようにその口を閉じる。

気を遣わせているわねと申し訳なく思いながらも、言うべきことが見つからず、二人は無言で馬車乗り場に到着した。

迎えの馬車の前で、マリアはぺこりと頭を下げた。

「ありがとうございます、カルロス様」

「ああ」と、カルロスはうなずくと、気遣うように口を開いた。

「顔色があまり良くない、今日はよく休んだ方がいい。それと、何か手助けできることがあれば遠慮なく言ってくれ」

マリアは感謝の目で彼を見た。どうやら心配してくれているらしい。

彼女は「ありがとう」と微笑むと、手を振って馬車に乗り込んだ。

馬の嘶きとともに馬車がゆっくりと進み始める。学園を出て貴族街の中を進んでいく。夏の貴族街はとても美しく、どの屋敷の庭園も夏の花で色鮮やかだ。

窓からそれらをながめながら、マリアは軽く息を吐いた。

(……何か疲れちゃったな)

元々疲れていたが、あの二人を見て、疲れが更に倍になった気がする。

(帰ったら、久し振りに昼寝しようかな)

たっぷり昼寝をしたら、きっと疲れも取れるに違いない。

そんなことを考えるマリアを乗せ、馬車は小さな屋敷の前に到着する。

馬車を降りると、家の中からララが小走りで出て来た。

「おかえりなさいませ」

「ただいま、ララ」

「今日はお早いお帰りですね」

「ええ、たまにはのんびり過ごそうかと思って」

マリアの言葉に、ララが気の毒そうな顔をした。

「……あの、実はお客様がいらしていて」

「え？　お客様？」と、マリアは目をぱちくりさせた。客人が来るなんて、この三カ月で初めてのことだ。誰かと問うと、意外な人物の名前が出て来た。

「クリストファー様です」

心の中で「げ」と思いながら、マリアは眉間にしわを寄せた。

脳裏に浮かぶのは、爽やかに笑っているけど目が全く笑っていない、腹黒い兄の顔だ。

(……疲れている時に、一番会いたくない人間が来た気がする)

逃げ出したい気分だが、そういう訳にもいかない。

嫌々ながら応接室に行くと、革張りのソファに座っていた兄クリストファーが、整った顔に完璧な笑みを浮かべて手を振った。

「やあ、シャーロット。久し振りだね」

「……お久し振りです。お兄様」

相変わらず無駄にキラキラしているわねと思いながら、マリアは慎重に挨拶を返した。腹黒さを知っているせいか、胡散臭《うさんくさ》いとしか思わない。

促されて正面に座ると、クリストファーがにこにこしながら口を開いた。

「公爵邸を出て行ったときは、どうなるかと思ったけど、上手くやっているようだね」

「……お陰様で」

警戒しながら答えると、兄が楽しそうに笑い出した。

「そっけないなあ。私たちは兄妹《きょうだい》じゃないか、寂しい限りだよ」

「……それで、ご用件は何でしょう?」

白々しい話に付き合うのが面倒になって単刀直入に尋ねると、クリストファーが、にっこり笑った。

「まあ、早い話が状況確認だね」

「状況確認」

「昨日王宮で、偶然ダニエル殿下にお会いしたんだ」

兄曰く、仕事場の近くでばったり会ったらしい。

「まあ、私がいる場所に殿下がたまたま通りかかる、なんてことはないだろうから、偶然ではないだろうけど」

「はあ」

何か厄介そうな話だなと、ややうんざりした顔をすると、兄が面白そうな顔をしながら話を続けた。

「しばらく世間話をしていた訳だけど、ふと話題がシャーロットのことになってね。

殿下が言うんだ。『シャーロットは、最近価値が示せていない』とね」

何か心当たりはあるかい？　と問われ、マリアは深いため息をついた。

「ない……ですが、あります」

「ほう、どういう意味だい？」

ここは正直に言った方が良いだろうと、彼女は包み隠さず今までのことを話した。

ずっと王宮の仕事をさせられていたこと。それを良しとしない国王陛下と王妃様に「ダニエルに自分で仕事をさせるように」と再三釘《くぎ》を刺されていたこと。国王陛下の命令に従って断ったにも拘わらず、しつこく「価値を示せ」と言ってくること。

「なるほどねえ」と、兄が考え込んだ。

「それで、シャーロットはどう考えているんだい？　本当に価値を示す必要がないと思っているのかい？」

「いえ、むしろ以前よりも今の方が、価値を示せていると思っています」

「……どういう意味だい？」

いぶかしげな表情を浮かべる兄に、マリアは胸を張った。

「先月、学園行事に王妃様がいらしたときに、おっしゃられたのです。『よくやってくれているようですね』と」

帰る間際に、そっと顔を寄せて囁《ささや》かれた一言。マリアはそれを「国王陛下の願い通り、ダニエル殿下を手伝わなかったことへの労《ねぎら》いの言葉」と受け取った。

「なるほど」と、クリストファーが考え込む。

「……ちなみに、父上はこのことを知っているのかい？」

「知らないと思います。ただ、お茶会には出ていたので、国王陛下と王妃様の意向はご存じかと」

クリストファーが、興味深そうに「へえ」とつぶやいた。

「思った以上に面白いことになっているね。恐らくシャーロットは父上の意思と真逆の方向に進んでいる」

「そうでしょうか」と、マリアは首をかしげた。国王陛下の意向に従っているのだから、真逆ではないような気がする。

兄がにこやかに笑った。

「何はともあれ、これはもう少し置いておいた方が面白くなりそうだ。こっちで上手くやっておくから、シャーロットは心配しなくていい。――ただ、私も色々と忙しくてね」

そして、良いことを思いついたとでも言うように、ポケットから見るからに高そうな封筒を取り出して、ローテーブルの上に置いた。

「私の代わりに出ておいてくれ。ダニエル殿下と揉めるよりはマシだろう」

そして、マリアの返事も聞かぬまま、機嫌が良さそうに「何かあったら連絡するように」と立ち去っていく。

半ば呆然と兄を見送った後、マリアは封筒を開いた。中には便箋が入っており、

「二週間後に行事が開催されるので、エイベル公爵家から聖属性持ちを一人、教会への奉仕活動に出すように」

といったことが書かれていた。

(……聖属性持ち?)

何のことかと記憶を探ると、どうやら魔法のことらしく、こういった依頼が来ると、シャーロットかクリストファーのどちらかが行くことになっており、今回はクリストファーの番だったらしい。

マリアは苦笑いした。つまり、ダニエル殿下には上手くやっておいてやるから、代わりにこれをやれということだ。

(なんか上手く押し付けられた気がするけど、確かにダニエル殿下と揉めるよりはマシね)

気になるのは、「父の意向と真逆」という話だが、マリアは考えるのを止めた。どうせ貴族の駆け引きがとかそういう話だ。きっと考えてもわからない。

そして、「疲れが更に倍になった気がするわ」とつぶやくと、ヨロヨロと自室へと戻っていった。

◇◇◇

その日の夜、マリアはランプの灯る自室で、魔法についての絵本を読んでいた。昼間兄から押し付けられた仕事をするために、魔法の知識が必要だったからだ。

彼女は、火や水など派手な絵が描いてあるページをながめた。

シャーロットの記憶は高度過ぎてピンとこなかったのだが、こうやって絵で解説してくれていると、とてもよくわかる。

（なるほどね。魔法を使うには魔力というものが必要で、魔力がある人たちがお貴族様なのね）

本によると、人間の体内にある魔力回路というところを流れる魔力が多い者が魔法を使うことができ、魔力量は血筋で決まるらしい。

また、魔法には、火、水、風、闇、聖などの属性があり、どの属性が使えるかについても血筋で決まるらしい。

大体のところを理解して、マリアはパタンと本を閉じた。

（つまり、エイベル公爵家は、聖属性の血筋ってことね）

そして、その「怪我を治せる」という特性ゆえ、協会の奉仕活動に呼ばれるということだろう。

（王都の教会ではそういうことをするのね）

マリアは心の底から感心した。使える回数は限られるようだし、そこまで大きくは回復しないようだが、そうであってもすごい力だ。

彼女は袖をまくった。ひじのあたりに青紫色のアザができている。数日前に寝ている間にベッドから落ちた時にできたもので、まだかなり痛い。

（試しにこれを治してみよう）

彼女は椅子に座り直した。

シャーロットの記憶に従って、片手をひじに当てて目をつぶる。そして、ふう、と細く息を吐くと、静かに唱えた。

「神よ、この手に力を宿したまえ……、治癒《ヒーリング》」

シャーロットの記憶では、手から光がパーッと出た後に患部が温かくなるのだが……。

（あれ？）

温かくなった気がしない。片目をそっと開けて手を見るが、何も起こっていない。

何か違ったのだろうかと再び唱えながら、お腹に懸命に力を込めるが、うんともすんとも言わない。

そして、ふぬぬぬ、と唸りながら、がんばること十分。

「……くっ、ダメだ……」

彼女は肩で息をしながら、どさりと椅子の背もたれに寄りかかった。

（……何で使えないんだろう）

本には、『血筋で魔法が使えるかどうか決まる』と書いてあった。ということは、体がシャーロットのものなのだから、使えるはずだ。

（もしかして、やり方が悪いのかな）

マリアは立ち上がった。勉強と同じで慣れとコツが重要なのかもしれないと思い、何度となく試してみる。

しかし、何度試みても、マリアの手が光ることはなかった。

◇◇◇

その日、マリアは一睡もしないまま学園に向かった。

少し寝ようかとも思ったのだが、魔法を使おうとがんばっているうちに夜が明けてしまい、寝そびれてしまったのだ。

(それにしても、なんで魔法が使えないんだろう……)

結局、何度試しても、彼女は魔法が使えなかった。

シャーロットの記憶の通りにやってみたし、魔法教本というものを引っ張り出してきて参考にもしてみた。しかし何をやっても、うんともすんとも言わない。

(はあ……、なんでこう次から次へと難問が降ってくるかなあ……)

マリアは、げんなりした気持ちで、この三カ月を振り返った。

最初は家の問題にぶち当たり、引っ越して解決したかと思いきや、次は学園に通うことになり、苦手な勉強をする羽目になった。それがどうにかなったと思いきや、今度はとんでもない婚約者が現れた上に、予想外の生徒会活動。これらが落ち着いても、肝心の元に戻る方法の調査は暗礁に乗り上げ、新たに魔法問題が出てくる始末だ。

(勉強はしなきゃいけないし、次から次へと問題が湧くし。──シャーロット、この生活ちょっと大変過ぎよ)

心の中でため息をつきつつも、何とか午前の授業をこなす。

そして、午後の授業が終わり、重い足取りで生徒会室に行くと、机で書き物をしていたバーバラが驚いた顔でマリアを見上げた。

「どうしたんですか？　酷い顔色ですよ」

「ええ、ちょっと寝不足で」

マリアが誤魔化すように微笑むと、バーバラが心配そうに眉をひそめた。

「……もしかして、原因はあの方ですか」と、最近全く来ていないダニエル王子の机をちらりと見る。

マリアは苦笑して「違うわ」と言いながら、友人の真面目そうな顔をながめた。

(これは、もう相談した方がいいかもしれない)

今まで、人に何かを相談することは極力避けてきた。入れ替わりがバレるかもしれないと思っていたからだ。

しかし、今回はそうも言っていられない状況だ。バーバラは貴族だから魔法が使えるはずだ。何か知っているかもしれない。

マリアは、思い切って切り出した。

「……実は、魔法のことで悩んでいて」

「魔法、ですか」と、バーバラが意外そうに目をぱちくりさせる。

そしてマリアから、魔法を使おうと思ったら使えなかったという話を聞いて、「そういうことでしたか」とうなずいた。

「もしかして、しばらく使っていなかったのではないですか？」

「ええ、その通りよ」

「では、魔力を思い切り放出してみては如何ですか。うちの母もしばらく魔法を使わなかったら使えなくなったそうで、それで治しました」

「そうなのね」と言いながら、マリアは密《ひそ》かに胸を撫で下ろした。どうやら魔法とは、しばらく使わないと使えなくなることがあるらしい。

（多分それだわ。体が入れ替わってから一回も魔法を使っていないもの）

と、そのとき。ノックの音がして、カルロスが生徒会室に入ってきた。「二人とも早いな」と言いながら、笑顔で歩み寄ってくる。

バーバラが立ち上がった。

「ちょうどいいところに来ました、カルロス様。ちょっと手伝ってください」

◇◇◇

三十分後。

三人は、校舎から少し離れた運動場の端にある、生徒会倉庫の中にいた。

事情を聞いたカルロスが、「魔力を放出するなら、あそこがいいんじゃないか」と言ったからだ。

外でも良いのではないかと思ったが、人によっては魔法が使えなくなったことを、あまり良くは思わないらしい。

倉庫は天井が高くてとても広い。昔は真ん中に何か大きなものがあったらしいが、それをとっぱらったお陰で今はがらんとしており、運動場から生徒たちの明るい声が聞こえてくる。

カルロスに促され、マリアは中央部分に立った。シャーロットの記憶に従って、魔力を強く放出しようとする。しかし。

「……だ、だめだわ」

試すこと十回、マリアは肩で息をしながら、ガックリとしゃがみ込んだ。

バーバラにやってみせてもらった通りにしても、カルロスのアドバイスに従っても、何をどう頑張っても魔力が出ないのだ。

ゼイゼイ息を切らすマリアを見て、二人が首を傾げた。

「どうしたんでしょうね」

「もしかすると、別に原因があるのかもしれないな」と、カルロスが片手をマリアに差し出した。

「ここに手を置いてくれるか」

意外と大きな手ねと思いながら、マリアが手をそっと置く。

カルロスは「失礼する」と言って彼女の手を握ると、目をつぶって息を軽く吐き始めた。

握られた手がぽうっと温かくなって、くすぐったいような不思議な感覚がする。

しばらくして、カルロスが目を開けて不思議そうな顔をした。

「おかしいな、魔力回路が閉じている」

魔力回路とは、魔力が通る血管のようなもので、これが閉じていると魔法が使えないらしい。

シャーロットの記憶を探ったところ、どうやら魔力回路を開くのは基礎中の基礎で、子どもが魔法を習うとき、最初の授業ですることのようだった。

「多分しばらく使っていなかったからだと思うが、ここまで閉じていると魔力の放出も難しいだろうな」

そして、バーバラは用があるとのことで、「すみません、また来ます」と生徒会室に戻っていき、カルロスが魔力回路を開くのに付き合ってくれることになった。

彼は「ちょっと待っていてくれ」と出て行くと、ほどなくして蓋の付いたお皿のようなものを持って来た。中から煙が出ており、花のような香りが漂ってくる。

「これは？」

「魔力香だ。学園の研究室から分けてもらってきた」

このお香を吸い込みながら、魔力回路を開くらしい。

マリアは煙に顔を近づけた。どこかで嗅いだことがあるような、甘い花のような香りがする。

そして、彼女はカルロスの指示に従ってベンチに深く座ると、手を膝の上で軽く組んだ。

「では始めよう。まず目をつぶって、お腹のあたりに力を溜めて、大きく深呼吸する。全身に何か流れているのを感じたら、そこに意識を集中させていって……」

カルロスの指示に従いながら、深呼吸したり力を入れたりを繰り返すと、体の中を何かが流れる感覚がしてきた。

（……もしかして、これが魔力？）

初めての感覚に物珍しさを感じながら深呼吸を繰り返していくと、意識がすっと遠くなってくる。そして、ふわり。不意に体が浮かぶ感覚がした。

（え？　何？）

驚いて目をつぶったままカルロスに、「浮かぶ感じがするわ」と訴えるが、返事がない。それどころか、さっきまで聞こえていた生徒たちの声も消え、シンと静まり返っている。

これはおかしいと目を開いて――

「えええ!!」

マリアは驚愕のあまり、雷に打たれたように立ちすくんだ。

目に入ってきたのは、真っ白な空に黒い太陽。眼前には、灰色の広い川が流れており、対岸には黒い森が見える。

その見覚えのある忘れられない光景に、マリアは目を見開いたまま、かすれた声でつぶやいた。

「……まさかここって、黄泉の川？」

彼女は目を皿のようにして周囲を見回した。

砂利を踏みしめながら、川沿いをしばらく歩いてみる。目に入ってくるのは、永遠に続く白と黒と灰色しかない光景で、間違いなく三カ月前に来た「黄泉の川」だ。

彼女は頭を抱えてしゃがみ込んだ。

（どういうこと？　なぜここに？　もしかして魔法回路を開けて死にかけたってこと？　でも、これって子どもが最初の授業でやる基礎訓練みたいなものよね？）

どうすればいいのだろうと、彼女が途方に暮れていたそのとき。

突然、空から声が降ってきた。

【シャーロット！　シャーロット！】

（この声は、カルロス？）

そう思った瞬間、声の方に体がぐんと引き寄せられる。

――そして、目の前が明るくなったような気がして、ゆっくり目を開けると、カルロスの心配そうな顔が目に入った。

マリアが目を開けたのを見て、彼は心からホッとしたような顔をした。

「良かった。呼んでも返事がないから何事かと思った」

「……夢を見ていた気がする」

カルロスの話では、急に固まったように動かなくなり、心配して声を掛けても反応がなかったらしい。どのくらい固まっていたかと尋ねると、一分くらいという答えが返ってきた。

（もっと長く黄泉《あっち》の川にいた気がする。もしかすると時間の流れが違うのかも）

その後、魔力回路が問題なく開いたか試すために、マリアは魔法を使ってみることにした。

シャーロットの記憶の通り、まっすぐ立って目をつぶる。そして、お腹に意識を集中させながら手のひらに力を込めると、静かに唱えた。

「神よ、この手に力を宿したまえ、治癒」

その瞬間、お腹の中から何かが湧いてくる感覚と共に、両手が軽く光を放った。

（やった！）

喜ぶマリアだったが、カルロスが少し難しい顔をした。

「制御が乱れているな。魔力回路を開け直して感覚がずれたんじゃないか？　少し練習する必要がありそうだな」

「練習？」

「ああ、小さい頃にやったアレだ。この感じだと、少し時間がかかるかもしれないな」

マリアは肩を落とした。なかなか一筋縄ではいかないらしい。

喜んだりがっかりしたりする彼女をおかしそうにながめながら、カルロスが口を開いた。

「そういえば、さっき夢を見ていたと言っていたが、どんな夢を見ていたんだ？」

マリアは思案に暮れた。

「……川の畔に立っている夢よ」

「魔力香の影響かもしれないな。たまに魔力回路の開放をしている時に、ここではないどこかの夢を見たという話を聞く」

カルロスの答えを聞いて、マリアは考え込んだ。

あの場所は、間違いなく三カ月前に行った黄泉の川だった。もしかして、これは元に戻る方法にかなり近づいたのではないだろうか。

その後、バーバラが戻ってきて、マリアは二人にお礼を言って帰宅した。

その翌日から、前と同じくらい魔法を使えるようにしなければと、魔力制御の練習に励んだ。時々隣に住むカルロスに見てもらいながら、ひたすら努力する。

そして、約二週間後、彼女は無事に教会の奉仕活動を終わらせることができた。

【一方その頃】シャーロット・エイベル（二）

王都でマリアが「魔力回路の開放と黄泉の川には、何か関係があるのではないか」と考えながら、早朝の魔力訓練に励んでいたのと同じころ。

シャーロットは、小鳥の鳴く声で目を覚ました。

ゆっくりと起き上がって周囲を見回す。

そして、そこが宿屋の自室だとわかると、小さくため息をついた。

「……黄泉の川に行くのはなかなか難しいようだわ」

偶然にも、タナトスにいるシャーロットも、マリアと同じ考えにいきついていた。

きっかけは、うっかり包丁で指を切ってしまったことだ。

出血に慌てた彼女は、自分がマリアの体に入っていることを忘れて、治癒魔法を使った。使った瞬間「魔法を使えないのを忘れていたわ」と思ったのだが、

「……え？」

指先がほんの少しだけ光ったのを見て、彼女は目を見開いた。

「これは、魔法が発動したということ？」

平民のマリアに魔法が使えることに驚きを覚える。

そして、もしかしてと思って色々試した結果、魔法を使えそうではあるが、魔力回路が閉じている状態だということがわかった。

（魔力回路の開放、してみようかしら）

もしかすると、魔法の才能は魂に附随するもので、体が替わっても使えるものなのかもしれない。

そんな訳で、シャーロットは野原に咲いている花をたくさん摘んできた。以前、書物で「昔は魔力香がなかったため、大量の花々を使っていた」と書かれているのを読んだことがあったからだ。

そして花だらけの自室で、幼い頃に行った魔力回路を開く訓練を行ったところ、

「……まさか！」

何と、彼女は黄泉の川の畔に立っていた。

その後すぐに目が覚めてしまったものの、シャーロットは気が付いた。

（もしかして、魔力回路を開く訓練をすれば、黄泉の川に行くことができて、そこでマリアさんと会うことができれば、元に戻れるのでは？）

しかし、問題が発生した。その後も黄泉の川に行ってはみるものの、数秒も経たないうちに戻ってきてしまうのだ。

（これではダメだわ）

そして、長く滞在する方法はないか、図書館などで専門書を調べようと思ったのだが、タナトスにあるのは教会の小さな図書スペースくらいで、絵本や小説くらいしか置いていない。

ディックとサラに相談すると、馬車で半日ほど行った大きな都市に図書館があるかもしれないと教えてくれた。

「次の日曜日買い出しに行くから、ちょっと調べてこよう」

そして、馬車で出掛けたディックが持ち帰って来たのは、三カ月後の日付の書かれた予約票だった。図書館を見つけたはいいものの、完全予約制で、一番近い日付が三カ月後だったらしい。

（待つしかないわね……）

しかし、三カ月間何もしないのも落ち着かない。そこで毎晩寝る前に魔力回路の開放を行って、黄泉の川に行く練習をしている、という次第だ。

シャーロットはベッドから降りた。

早朝の淡い光の中、素早く服を着替えると、慣れた手つきで身支度を整える。そして、部屋を出て階段を下りると、一階の厨房に向かった。

厨房は既に明かりがついており、ディックが下ごしらえをしている。

シャーロットは元気に声をかけた。

「おはようございます」

「おう、おはようさん」

笑顔で挨拶を交わすと、すぐに洗い場に置いてある籠に入ったニンジンの皮を剝き始める。

「今日は何ですか？」

「ニンジンサラダとオニオンスープだ。昨日市場でニンジンが安かったんだ」

市場の様子などの話をしながら、それぞれの作業を進めていく。そして、サラダとスープが出来上がって少しして、厨房にサラとコレットが現れた。

「おはよう、おねえちゃん！」

「おはよう、コレットちゃん。今日も元気いっぱいね」

シャーロットが、満面の笑みで足に抱き着いてきたコレットを優しく撫でる。

ディックが、にこにこしながら二人分の朝食を並べてくれ、シャーロットはコレットと一緒に食べ始めた。

「おいしいね！」

「ええ、美味しいわ」

今日は、分厚いベーコンと新鮮な卵を使ったベーコンエッグと丸パンだ。とろりとした黄身がかかったベーコンを食べながら、シャーロットは満ち足りた気持ちになった。ディックの作った朝食をコレットと一緒に食べるこの時間は、とても優しくて温かい。

（毎日こんな風に朝食を食べられるなんて、わたくしはとても幸せだわ）

そして、朝食が終わると、今日は週二回あるシーツ洗濯の日ということで、彼女は張り切るコレットと中庭に出た。

よく晴れた夏の空の下、木陰に大きなタライを置き、中にシーツと井戸水に溶かした石鹼《せっけん》水を入れる。そして裸足《はだし》になると、夏の虫の声を聞きながらコレットと二人でバシャバシャとシーツを踏み始めた。足元で石鹼《せっけん》水がぱちゃぱちゃと音を立てる。

コレットが、笑顔でシャーロットを見上げた。

「みずがつめたくて、きもちいーね！」

「ええ、本当に」と、笑顔で答えるシャーロット。洗い終わったシーツを固く絞ると、竿《さお》に干し始めた。

青い空の下で、真っ白いシーツが風にはたはたと揺れる。

「できたね！」

「ええ、綺麗になりましたわ。お手伝いありがとう」

「うん！」

シャーロットは、空に浮かぶ白い雲をながめながら額の汗をぬぐった。体を動かして働くのは本当に気持ちが良い。

そして、コレットと手をつないで宿屋に入ると、サラが気難しい顔で食堂の長机の前に座っていた。

「あたし、おせんたくてつだったよ！」

コレットがにこにこしながらサラに抱き着く。

サラが我に返ったように顔を上げると、コレットを優しく撫でた。

「そうかい、ありがとね。助かったよ。あんたもありがとね」

シャーロットは照れたように微笑んだ。だいぶ慣れてはきたが、お礼を言われるのにまだ少し慣れない。そして、気になったことを尋ねた。

「あの、何か悩まれていたみたいですが、どうされたんですか？」

「ああ」とサラが少し恥ずかしそうな顔をすると、今さっきまで見ていた帳簿を軽く叩いた。

「これさ。毎日書いてはいたんだけど、計算するのを忘れていてねえ」

そういえば帳簿をつけている記憶があったわ、と思い出しながら見せてもらうと、そこには走り書きされた文字と数字が並んでいた。

五月二日　宿代五人分　五千ギル

ディック　千ギル

木曜日　酒屋支払い　五百ギル（ツケ）

夕食臨時　百五十ギル

日付があったりなかったりするし、収入なのか支出なのかもよくわからない。

（きっと、書く項目や形式が決まっていないのだわ）

シャーロットは帳簿を見ながら考え込んだ。確かにこれは計算するとき苦労しそうだ。後から何に使ったか調べようとしても、わからないかもしれない。

そして、ふと思った。王宮や生徒会で使っていた帳簿を簡略化して使ってみてはどうだろう、と。

(ずっと計算しやすくなるわ)

提案しようと口を開けるものの、逡巡の末、シャーロットは口を閉じた。

思い出したのは、父のことだ。彼はシャーロットが指示以外の行動をすることを非常に嫌い、不機嫌を隠そうともしなかった。

冷たい目で自分を見る父を思い出し、シャーロットは思わず顔を歪めた。

(……わたくしがここで提案なんてしたら、サラさんを怒らせてしまうかもしれない)

シャーロットの顔を見て、サラが不思議そうな顔をした。

「どうしたんだい？　何かあったかい？」

「どうしたのー？　おねえちゃん？」

シャーロットは、ハッと我に返ると二人を見た。そっくりな茶色い目に心配の色を浮かべている。

「何か気になることがあったら言っておくれ。遠慮する必要はないよ」

サラにそう言われ、シャーロットは思った。そうだ、この人たちは父じゃない。

彼女は思い切って口を開いた。

「あの、わたくしにその帳簿、任せていただけませんか？」

サラは目をぱちくりさせながらもうなずいた。

「ああ、もちろんいいよ」

◇◇◇

その翌日の午後、コレットが厨房の作業台の上でままごと遊びをする横で、シャーロットはサラに、自分が作った帳簿を説明していた。

「ここに日付を書いて、ここにお金が動いた原因を書きます。お金が入った場合はここに金額を書いて、出て行った場合はこちらに書きます」

帳簿には線が四本引いてあり、簡単な表のようになっている。生徒会で使っていた形式《フォーマット》の簡略版だ。

シャーロットの説明を、ふむふむと熱心に聞いていたサラが口を開いた。

「ちょっとやってみていいかね」

「はい、もちろんです」

そして、シャーロットの指導の下、その日にあったお金の動きを書き込んで、感嘆の声を上げた。

「すごいね、こりゃ。わかりやすいし、書き込みさえすれば簡単に計算できちまう」

「おねえちゃん、すごいの？」

横で遊んでいたコレットが首をかしげると、サラが大きくうなずいた。

「ああ、すごいよ。これは本当に便利だ」

そして、シャーロットを感謝の目で見た。

「ありがとうね、あんたはすごいねえ」

「いいえ、わたくしなんて大したことありません。もともとあったものを持ってきただけですから」

シャーロットが照れながら返事をした。自分の提案が褒められたことが嬉しくて仕方ない。

そんなシャーロットを見て、サラが微笑ましそうな、でも複雑そうな表情を浮かべる。そして、「おやつにしようかね」とつぶやくと、笑顔で立ち上がった。

「今日はジャムトーストにしようか」

「わあい、あたし、いちごがいい！」

サラとシャーロットはお茶の準備を始めた。サラが薄く切った食パンを焼き、シャーロットがお茶の準備をする。

そして、作業台の上にそれらを並べると、三人はいただきますと食べ始めた。

「おいしいね！」

「ああ、そりゃよかった」

コレットが喜んではぐはぐと食べる姿を、サラが笑顔で見る。

そして、改まったように座り直すと、遠慮がちに口を開いた。

「……余計なことを言うようだけど、さっきみたいな言葉は使わない方がいいと思うよ」

意味がわからず、シャーロットが目を瞬かせた。

「あの、さっきみたいな言葉というのは……」

「『わたくしなんて』とか『大したことない』とかだよ」

サラ曰く、シャーロットがここに来てから何度もこの言葉を使っているのを聞いて、気になっていたらしい。

シャーロットが目を伏せた。自分が頻繁にそんなことを言っているとは気が付いていなかった。

「……でも、わたくしは、本当に大した人間ではありませんわ」

脳裏にチラつくのは、父や兄や義母、ダニエルの顔だ。

うなだれるシャーロットを見て、サラがため息をついた。

「自分のことをそんな風に言うんじゃないよ。あんたは人の心がわかる優しい子だよ。私もディックもコレットも、そんなあんたのことが大好きだ」

だからさ、とサラが真剣にシャーロットの目を見た。

「そんな言葉を使うのはおよしよ。あんたは十分いい子だよ」

「……はい」

シャーロットの視界がぼやけた。何故《なぜ》だかわからないが、涙が溢《あふ》れてきて止まらない。

サラが慌てた顔をした。

「ど、どうしたんだい！」

「す、すみません、目に何か入ったみたいで」

「だいじょうぶ？　これあげるから、なかないで」

心配そうなコレットから、トーストのカリカリとした一番美味しいところを差し出され、シャーロットは涙をぬぐって笑顔を向けた。

「もう大丈夫です、本当にありがとうございます」

その後、彼女は少し塩辛くなったトーストを食べた。いつも通り細々した仕事をこなし、夕方から夕食の仕込みを手伝う。

そして、黙って部屋に戻ると、未《いま》だかつてない穏やかな気持ちで眠りについた。

【幕間】カルロス・リズガル

宿屋の娘マリアが、公爵令嬢シャーロットの体の中に入って、約四カ月。

教会の奉仕活動が無事に終わった翌週の夜明け前。

彼女は、シンプルなワンピースに着替えると、ランプを片手にそろりそろりと一階に下りた。厨房に入って慣れた様子で棚をゴソゴソと漁る。そして、分厚く切ったベーコンや卵などを麻袋の中に詰め込んで背負うと、そっと裏口から外に出た。

朝が近いことを感じさせる爽やかな空気の中、ランプを片手に林の中に入っていく。

そして、隣の敷地にほど近い小さな空き地に到着すると、そこでは白いシャツにズボンという動きやすそうな服を着たカルロスが、しゃがんで竈を作っていた。

傍らにはランプが置かれ、並べてあるフライパンや皿などが、オレンジ色の光に照らされている。

「おはよう、カルロス。早かったわね」

声を掛けると、カルロスが嬉しそうに立ち上がった。

「おはよう、実はとても楽しみにしていたんだ」

マリアは、竈を囲むように並べてある太い丸太に座ると、麻袋の中に入っていた分厚いベーコンに卵、パンなどの食材を取り出した。

そして、カルロスに火を熾してもらうと、フライパンを温めてベーコンを焼き始める。

ジュウジュウという音と共に、香ばしい香りが周囲に漂う。

横でその様子を見ていたカルロスが、子どものような顔で笑った。

「いいにおいだ。この日を待っていた！」

どうやらずっと食べたいと思っていたらしいのだが、マリアに「幻です」と言い切られて、言い出せずにいたらしい。

ちなみに、今日は「カルロスへのお礼の日」だ。

魔力回路の開放から始まり、魔力制御へのアドバイスまで、彼のお陰で教会の奉仕活動が無事終了したと言っても過言ではない。

感謝の印に何かお礼をしたいと申し出ると、「では、あのベーコンエッグを食べさせて欲しい」と即答された。

そして、「それでいいなら」ということで早朝待ち合わせをして、ベーコンエッグを作って一緒に食べることになった、という次第だ。

マリアはジュウジュウと音を立てるベーコンをひっくり返した。こんがりとした焼き目がついているのを確認すると、軽く胡椒《こしょう》をふる。

もう一つの竈でお湯を沸かしていたカルロスが、目を輝かせてその様子をながめる。

（なんだかコレットみたい）

くすくす笑いながら、マリアはベーコンをフライパンの端に寄せると、卵を四個割り入れる。そして黄身が半熟になったタイミングで、用意してあった二枚の皿に半分こして盛りつけると、持ってきたパンを添えて差し出した。

「どうぞ、できあがりです」

「ありがとう。めちゃくちゃ美味しそうだ」

二人はカルロスの淹れたお茶で乾杯すると、ベーコンエッグを食べ始めた。

一口食べたカルロスが、目をキラキラさせた。

「美味《うま》い！　これは予想以上だ！」

マリアは、くすりと笑った。ここまで美味しそうに食べてもらえると、こっちまで幸せな気持ちになってくる。

彼は、休学中ずっと砦《とりで》で生活しており、こうやって外でよく食事をしていたらしい。

「いつ襲撃されるかわからないから、砦の中は常にピリピリしていて、唯一の息抜きが外で食べる食事だったんだ」

（この人、苦労したんだ）

他の金持ちのボンボンっぽい男子生徒たちと雰囲気が違うのは、年齢のせいだけではないらしい。

（考え方とか態度が大人よね。たまに年上に思える時がある）

包容力もあるし性格が明るくて朗らかだから、一緒に居てとても楽しい。偉そうなところがなく、今も進んで火を熾してくれたりお茶を淹れてくれたり、よく動いてくれる。

（……タナトスにもこういう人いないかな）

その後、ベーコンエッグを食べ終わった二人は、カルロスが持ってきた桃のタルトを食べながら会話を始めた。

「タルトって季節感が出ていいわよね。来月あたりからは葡萄《ぶどう》かしら」

「そういえば、もうそんな季節か」

この分だとあっという間に卒業だな、とカルロスが少し寂しそうに笑う。

「カルロスは、学園を卒業したらどうするの？」

「バーバラと一緒で進学だな。最初父に勧められた時は、興味が湧かなかったんだが、今回の魔物の大発生を経験して、知識も必要だと思うようになった」

ちなみに、バーバラは王宮付きの文官を目指すそうで、卒業後は大学に進学するらしい。

（わたしよりも年下なのに、二人ともしっかり考えている）

マリアは、感心すると同時に恥ずかしい気持ちになった。

自分はただ漠然と「宿屋でしばらく働く」と思っていたくらいで、何も考えていなかった。そんな自分をサラ母さんが心配したのも無理はない。

（元の体に戻ったら、ちゃんと将来について考えよう）

密かにそんな決心をする。

そして、そこから話に花を咲かせること、しばし。周囲が大分明るくなってきた。

敷地の外を馬車が走る音が聞こえてくる。

「そろそろ終わりにした方が良さそうね」

「ああ、そうだな、戻ろう」

二人は協力して後片付けを始めた。火を消して竈を壊し、食器やフライパンを軽く拭いて持ってきた袋に入れる。

空き地が綺麗になると、二人は向かい合った。

「今日はありがとう。とても美味しかったし、楽しかった」

「またね、カルロス」

マリアは「どういたしまして」と笑顔で彼に手を振ると、朝日を浴びながら館に戻っていった。

◇◇◇

マリアが木々の向こうに消えるのを見届けてから、カルロスは彼女とは反対側に向かって歩き始めた。高い鉄格子柵を軽々と飛び越えて、自身の屋敷の敷地に着地する。

そして、おもむろに立ち上がると、ため息をついた。

(……あと七カ月、か)

シャーロットを知ったのは、約五カ月前に学園に戻って来たときだ。

学園の廊下をすれ違った時に、隣を歩いていた同級生が「あの方がエイベル公爵令嬢だ」と教えてくれたのだ。

(あれがダニエル殿下の婚約者か)

ずいぶん細いなと思ったくらいで、特に印象に残るようなこともなく、数秒後には会ったことすら忘れてしまった。

その後、生徒会で一緒に仕事をするようになり、彼はとても驚いた。

シャーロットの忙しさが異常なのだ。朝早くから夜遅くまで、昼食を食べる時間も惜しんで必死に仕事をしている。

なぜ一人であんなに忙しいのか。同じ生徒会に所属するバーバラ侯爵令嬢にそう問うと、「原因はダニエル殿下です」という答えが返ってきた。

聞けば、会長を務めるダニエル王子の仕事を全て肩代わりするだけでなく、王宮の仕事まで押し付けられているらしい。

あまりの激務を見かねて、手伝おうかと申し出ても、「大丈夫です」の一点張り。

バーバラ侯爵令嬢に「断っても良いのではないですか」とやんわり言われても、辛そうに微笑むばかりで、ひたすら黙って仕事をこなしている。

(あれでは体を壊してしまう)

何とかしてやれないかと思いながら、数週間が過ぎた頃。突然状況が一変した。

シャーロットが体調を崩して休んだのだ。

そして、一週間ほど休んで出て来た彼女は、すっかり人が変わっていた。

ダニエル王子の理不尽な要求を毅然《きぜん》と断り、何を言われても相手にしなくなった。笑顔が増え、冗談を言ったり会話を楽しんだりするようになった。一人でがんばろうとせず、バーバラや自分を頼るようになった。

さりげなく、どうしてそんなに変わったのかと尋ねたところ、

「高熱のせいで記憶が曖昧で、あと病気になって人生観が変わったかもしれない」

といったようなことを、ゴニョゴニョと言われた。

(きっと、何か彼女を変えるようなことがあったのだろう)

ベーコンエッグを作って食べている現場を見たときは驚愕したが、あれはもしかすると、変化のきっかけのようなものだったのかもしれない。

彼女が変わってから、カルロスは生徒会活動が面白くなった。

一緒に仕事をしたり、会話をしながら馬車乗り場まで歩いたり、忙しい日々ではあったが、彼女と一緒に何かをするのは楽しかった。

そして、そんな日々を送るうちに、彼の中に好意が芽生えた。この好意はどんどん大きくなり、気が付けば彼女を目で追うようになっていた。彼女に会いたくなって、意味もなく庭で剣術の稽古をするようになった。

見目が良くて性格も朗らかなカルロスは非常にモテる。言い寄られたことも何度もあるし、自分から興味を持った女性もいる。だが、ここまで気になる女性は初めてだった。

そして、魔力回路の開放を手伝ったことにより、想《おも》いが育った。魔力制御の特訓に付き合っているうちに、ひたむきに努力する彼女を愛おしく思うようになった。

だが、彼女はダニエルの婚約者だ。どんなに恋焦がれたところで、叶《かな》う相手ではない。

彼にできることは、気持ちを悟られないように気を付けながら、良き友人として彼女の傍らにいることだけだった。

(……まあ、それもあと七カ月だが)

学園を卒業すれば、彼女は王宮に入る。会うことさえ叶わなくなるだろう。

(そうなってようやく諦めがつくのかもしれないな)

彼は立ち止まった。彼女の屋敷の方角を目を細めてながめる。

そして軽くため息をつくと、明るくなりつつある空の下を、ゆっくりと屋敷に戻っていった。

第六章　瓶詰の研究と王都脱出

高い空が秋の訪れを感じさせる、天気の良い昼下がり。

午後の授業が終わってすぐ、マリアは教室を出ると生徒会室に向かった。階段を急いで上がり、廊下を早足で進んでいく。

そして、生徒会室の扉を開き、

「こんにちは、シャーロット」

「そんなに急いでどうしたんだ？」

と声を掛けてきたカルロスとバーバラに「こんにちは」と手早く挨拶すると、二人の目の前にバサリと地図を広げた。

彼女の突然の行動に、二人が目をぱちくりさせる。

マリアは、「相談があるの」と言いながら、港町タナトスのある半島を指差した。

「近々ここに行きたいのだけど、何か良い方法はないかしら」

兄から押し付けられた奉仕活動が終わってからすぐ、マリアは黄泉の川に行こうと画策し始めた。

◇◇◇

（まずは、もう一度『魔力回路の開放』をしてみよう）

もしもこれでもう一度黄泉の川に行くことができれば、行く方法が確立されたということになる。

（よし、やるわよ！）

しかし、これが意外と難航した。

どうやら魔力回路の開放に必要な「魔力香」は流通が制限されているらしく、学園や研究所、家などを通さなければ手に入らない。失敗のことも考えて多めに欲しいのだが、そうすると更に入手が厳しくなる。

（家を通すとなると、絶対に何か言われるわよね……。かといって学園に頼んで、家に連絡がいっても困るし）

思い悩みながら庭を散歩していると、「シャーロット嬢！」と声を掛けられた。声の方向を見ると、柵越しに木刀を持っているカルロスが手を振っていた。

「カルロス、訓練？」

「ああ。どうしたんだ、深刻な顔で」

「ちょっと眠れなくて」

カルロスが心配そうな顔をした。

「どうした、体調が悪いのか？ 食欲は？」

「メニュー次第かしら」

「……大丈夫そうだな」

そして、カルロスならきっと誰にも言わないだろうと、マリアが「実は、魔力香が欲しい」と打ち明けると、彼は目をぱちくりさせた。

「前みたいに学園の研究所から少し分けてもらったらどうだ」

「大量に欲しいの。どこか秘密に入手できる場所はないかしら」

「秘密」

「ええ、多少危ない橋を渡ってもかまわないわ」

「いや、そこは渡っちゃだめだろう」

カルロスはおかしそうに笑うと、朗らかにうなずいた。

「いいぞ。うちの領から送ってもらおう」

彼曰く、どうやら領内に咲く花が主原料らしく、生産拠点があるらしい。

「いいの？」

「ああ。このくらいお安い御用だ」


そして、その翌々週。

両家の間の柵越しに、カルロスはマリアに小さな箱をくれた。

中には小指の爪ほどの大きさの円錐《えんすい》型のクッキーのようなものが二ダースほど並んでおり、花のような香りを漂わせている。

マリアは目を輝かせた。

「ありがとう！　これ、いくらするの？」

「自領のものだ。気にしないでくれ」

「そんな訳にはいかないわ！」

すったもんだした結果、今度はパンケーキを焼いてご馳走《ちそう》するということで話がまとまる。

そして、その日の夜、彼女は自室にこもった。

教えてもらった通り、枕元に置いたお香の先に火をつけて、ベッドに横になる。魔力回路の開放をした時と同じように、ゆっくり息を吸ったり吐いたりを繰り返すが、なかなか意識が遠くならない。

そして、試行錯誤すること二日目。呼吸を思い切り深くしてお香の煙を吸い込んだところ、体がふわっと浮き上がる感覚がして——、

「っ！」

気が付くと、彼女は黄泉の川の畔に立っていた。

「やった！　やったわ！」

白黒の静かな世界で、マリアは大声で叫んだ。

「これで元に戻れる！　ばんざーい！　ばんざーい！」

歓声を上げながら、川の畔でぴょんぴょんと飛び跳ねる。

彼女は浮き立った。あとは魔力香を持ってタナトスに行くだけだ。シャーロットに会って、同時に魔力回路の開放をして元に戻ろう。

「長かった……」

体が入れ替わって半年弱。元に戻るために必死に努力を重ねてきた。ようやくそれが報われる。

「みんな元気かな。早く会いたいな。おみやげいっぱい買っていかないと」

るんるんで帰ることを考え始める。

しかし、タナトスに行く方法を探していた彼女は、またもや難問にぶち当たった。

「ええ⁉ 貴族は理由なく王都を離れてはいけないの！」

図書館で親しくなった司書のお姉さんにさりげなく尋ねたところ、王都に住む貴族が王都を離れるのは難しいらしい。

彼女曰く、領地視察などの正当な理由が必要で、勝手に王都を離れた場合は王命違反と見なされるらしい。

（……困った、タナトスに行く正当な理由なんて思いつかない）

彼女は落胆した。せっかく元に戻れそうな方法を見つけたのに、何故次から次へと問題が起こるのだろうか。

それでも何とかならないかと考えた末、

「……申し訳ないけど、またあの二人を頼らせてもらおう」

友人たちを頼ることを思いつき、授業終了後すぐに生徒会室に飛び込んだ、という次第だ。

◇◇◇

突然マリアから、「ここに行きたいのだけど、何か良い方法はないかしら」と地図を見せられ、カルロスとバーバラは目をぱちくりさせた。

バーバラが、眼鏡をクイッと上げた。

「ええっと、なぜここに行きたいのですか？　わたくしの記憶では、ここには特に何もなかったと思うのですが」

「以前『南半島の夕べ』という本を読んで、行きたいと思ったの」

マリアが考えておいた理由を言うと、バーバラが「あの本ですか」とうなずいた。

「確かに、姉があの領地に嫁ぐときにわたくしも読みましたが、良い本ですね」

「え？　お姉様がタナトスに？」

バーバラの話によると、彼女の姉の一人がタナトス周辺一帯を統治するラムズ侯爵家に嫁いだらしい。

「姉の手紙に美しい土地だと書いてあるのを読んで、一度行ってみたいと思っていたのです」

マリアは内心「おお」と思った。思わぬところで心強い仲間ができた。

カルロスが、考えるように地図をながめながら口を開いた。

「この場所だと、馬車で一週間というところか。在学中に行くとなると、卒業研究と絡めるのが現実的な気がするな」

卒業研究とは、学園の四年生が二学期を丸々使って取り組む研究のことだ。

研究テーマは「王国の発展に寄与する」ことであれば自由で、一人で何か調べてもいいし、グループを作って共同研究してもいいらしい。

「俺の兄は友人何人かと辺境伯領に来て、辺境の地で作られた詩を調べて論文にしていたし、他にもそういった話を聞いたことがある。恐らくだが、卒業研究という名目ならば、比較的簡単に王都を出られるのではないか」

なるほどとマリアはうなずいた。卒業研究のためならば学校を休んでも問題ないと聞くから、これは非常に良い方法な気がする。

「つまり、この半島に何か研究すべきものがあればいいのね」

「ああ、そうなる」

すると、黙って聞いていたバーバラが口を開いた。

「……以前、姉が王都に来ましてね、面白い物を持ってきました」

「面白いもの？」

「はい、瓶に入った魚です。姉の話では保存食だそうです」

カルロスが、「瓶に入った魚？」と訝《いぶか》しげな表情をする。

マリアはピンときた。もしかして、食料品屋に置いてあったアレじゃないだろうか。

彼女はペンを取ると、傍にあった紙に絵を描き始めた。瓶を描いてその中に小魚を加え、上からラベルを描いて黒く塗る。

「こんな感じではなくて？」

「そうです。雰囲気は大体こんな感じです。よくご存じですね」

バーバラの話では、この瓶詰は、姉の屋敷にいる料理長が考案したものらしい。一年以上味が変わらず保存できるため、日持ちしない魚介類を他領に売るチャンスだと期待されたが、思うように広がっていないようだった。

まあ確かにねとマリアは思った。街の食料品屋で売っているのを見た時、一体誰がこんな不気味なものを買うんだろうと思った記憶がある。

（目の白い魚が濁った液体に浮いていて、何か気持ちが悪かったのよね）

すると、カルロスが興味深そうに口を開いた。

「確かに魚だと受けが良くなさそうだが、果物なら悪くないんじゃないか」

バーバラが点頭した。

「ええ、実はわたくしも同じことを思いまして。カルロス様の領地《ところ》も日持ちしない特産品を抱えているなと」

「もしも、日持ちしない果物を腐る心配なく出荷できるようになれば、間違いなく領地は潤う」

なるほどなるほど、とマリアが小刻みにうなずいた。

「そうね。今は見かけが問題で売れないんだと思うから、夏野菜のピクルスなんて入れたら、彩りも良くていけそうな気がするわ」

カルロスとバーバラが「おお」という顔でマリアを見た。

「それはいいアイディアだな」

「魚という拘《こだわ》りを捨てれば色々考えられそうですね」

三人は真面目な顔で相談し始めた。

研究テーマが「庶民の食べ物について」という点が、学園側から難色を示されそうではあるが、実用的だし成功すればお金にもなる。これは良い研究テーマなのではないか、などと話し合う。

何と言っても、半島に行くという名目が立つのは素晴らしい。

カルロスが口を開いた。

「では、卒業研究は我々三人でチームを組むということで、どうだろうか」

バーバラが眼鏡を上げながらうなずいた。

「ええ、賛成です。面白くなりそうです」

「私も賛成よ！」

マリアが声を弾ませた。

（これで何とかタナトスに行けそう！）

その後、三人は話し合いをし、まずは研究テーマを学園に申請してみることになった。

◇◇◇

三人の卒業研究は、静かにスタートした。

学園に研究テーマ『瓶詰食品の可能性』を提出したところ、やや難色を示されたものの、無事に承認された。

審査に加わった教師の一人曰く、「学年の成績優秀者三人が集まっているのだから、もっとふさわしい研究ができるのではないか」という話になったらしい。

その後、「学生なのだから自由を尊重すべきでは」という意見と、これに賛成する者が現れ、半ば渋々ＯＫが出たようだ。

ちなみに卒業研究では、絵画や文学、音楽などの芸術分野が良しとされるらしく、ほとんどの生徒がこのうちのどれかを選択するらしい。

そんな中、三人の研究テーマは異彩を放っているようで、学園でばったり会ったダニエル王子とイリーナに、

「お義姉様《ねえさま》、聞きましたわ。食品を研究するそうですねえ」

「センスも気品も欠けている。恥ずかしいとは思わないのか」

などと散々嫌味を言われた上、ことあるごとに馬鹿にされるようになった。

その現場をたまたま見たカルロスが、怒った表情で止めてくれようとしたが、マリアは黙って首を横に振った。この半年で、この二人については何を言っても無駄だということはわかっている。関わらない方がいい。

ちなみに、各家の反応は上々だった。

マリアの家であるエイベル公爵家では、父親は相変わらず無反応だったが、兄が「へえ、それは面白いね」と言ってくれた。そして、研究費の出資と、三人分の王都

を離れる許可証を取ってくれた。

（お兄様って何を考えているかわからないし、お腹の中は真っ黒だけど、認めるところは認めてくれるわよね）

カルロスの実家である辺境伯は、「いけそうだ」と思ったらしく、視察旅行の金銭的な負担を全てしてくれることになった。護衛や馬車なども出してくれるらしい。

バーバラの家は、特に姉の嫁ぎ先が非常に喜んだらしく、行く道中の宿泊や見学の段取りなど、視察全般のコーディネートをしてくれるらしい。

二学期から授業も少なくなったことから、三人は頻繁に集まって、あれやこれやと話し合った。マリアの家に集まって厨房で実際に瓶詰を作ってみるなど、着々と準備が進んでいく。


そして、視察旅行まであと二日と迫った、よく晴れた午後。

三人は、研究旅行最後の打ち合わせをするべく、学園の裏庭にある紅葉した木々に囲まれた東屋に集まっていた。

カルロスが、テーブルの上に地図を置いた。

「この〇印が、最終目的地である都市ラムズで、この黒い線が今回のルートだ」

バーバラが眼鏡を上げた。

「なるほど、南から行くのですね」

「ああ。北でもいいが、この時期天気が悪くなることがあるらしい」

友人二人の話を聞きながら、マリアの胸は高鳴った。

（ようやくタナトスに帰れるわ！）

あの陽気でゴチャゴチャしたタナトスの街と、宿ふくろう亭を見られると思うだけで涙が出そうだ。

（もう半年くらい見ていないものね。みんな元気かな。早く会いたい）

そんなことを考えるマリアに、バーバラが話しかけた。

「そういえば、特許の件はどうなりましたか？」

「先週、先生と特許庁に行ってきたわ。色々聞かれたけど、多分受理されるだろうとおっしゃっていたわ」

実は、瓶詰を実際に作ってみた過程で、三人はとある発見をしていた。

「魔法で出した水を使うと、瓶詰の中の保存状態が劇的に良くなる」

カルロスが魔法で水を出したのをマリアが珍しがって、この水を使って瓶詰を作ってみようと提案したことから明らかになった。

これについて魔法教師に相談したところ、もしかすると大発見かもしれないと特許取得を勧められたのだ。

カルロスが口角を上げた。

「魔法庁にいる兄の友人に聞いたのだが、魔法の新たな可能性じゃないかと話題になっているらしい」

「予期せぬ幸運でしたね」

「ああ。今まで魔法を料理に使う発想そのものがなかったからな。やってみたら今まで気が付かなかったことも多そうだ」

その後、細々した打ち合わせを終わらせ、マリアは東屋を出た。

二人と別れ、自身の馬車に乗り込んで自宅に帰る。

自室に戻って着替えを済ませると、準備してある荷物をチェックし始めた。

「まずは魔力香でしょ。それからコレットへの髪飾りとサラ母さんへのスカーフ、ディック父さんには折り畳めるナイフで、これは……」

そして、全てのチェックを済ませると、ベッドに倒れ込んだ。

(いよいよね……)

実際に元の体に戻れるかはわからない。でも、もしも戻れたなら、この部屋で過ごすのもあと二日だ。

(もしかすると失敗するかもしれないし、あまり期待し過ぎたらダメよね)

でも、最後かもしれないと思うと感慨深いものがある。

(最初はびっくりしたけど、案外貴族生活も楽しかったな)

義母、イリーナ、ダニエルなど嫌な人たちもいっぱいいたが、良い友人もできたし、ララをはじめ家にいる使用人たちも好きだった。学園も勉強も苦労はしたが楽しかった。

(……元に戻ったら、夢のようだったと思いそう)

そんなことを思いながら、彼女は机に向かった。今までのことをシャーロットに伝えるべく、簡単な日記風の文章を書く。

そして暗くなってから夕食を終え、眠りに就こうとした、そのとき。

コンコンコン。というノックの音と共にドアが開けられ、ララが顔をのぞかせた。

顔が心なしか少し硬い。

「こんな時間にどうしたの？」

不思議に思って問うと、ララがごくりと唾を飲み込んで口を開いた。

「……あの。本邸から使いの方がきまして、公爵様がお呼びだそうです」

「……っ！」

マリアが思わず目を見開く。

それは、予想外の父からの呼び出しだった。

◇◇◇

父からの呼び出しを受けたマリアは、ララに手伝ってもらって着替え始めた。

引っ越してきてから初の呼び出し。しかも夜の九時だ。どう考えても只事ではない。

（一体何の用なのかしら……？）

色々考えてみるものの、心当たりがまるでない。

ぱっと思いつくのは明後日《あさって》からの視察旅行だが、それについてはかなり前から話がいっているハズだから、今更どうこう言われるとは思えない。

（……まさか、入れ替わりがバレた？）

いやそれはないだろうと思いながらも、心臓が嫌な音を立て始める。

そして、使者が来た三十分後。

マリアは自分の屋敷の馬車に乗って公爵邸に向かった。迎えに来た馬車に乗っても良かったのだが、いざという時に逃げ出す手段がないと困ると思ったからだ。

(用件がわからないって嫌なものね……)

不安な気持ちのマリアを乗せて、馬車が暗い貴族街を走り抜ける。

そして公爵邸に到着すると、待っていた執事に、本だらけの豪華な執務室に案内された。

「シャーロット様がお見えになりました」

執務机の前で仕事をしていた公爵が顔を上げる。

マリアをチラリと見ると、座れと言う風に机の前の椅子に視線を向ける。

(怒っては……いない気がするわ)

そう思いながら、マリアが椅子に腰を下ろす。

彼はペンを置いて両肘を机につくと、マリアをじっと見据えた。

「なぜ呼ばれたか、わかっているか?」

「……いえ、わかりません」

やや緊張しながら答えると、公爵が目を細めた。

「……今日、ダニエル殿下が私の執務室に来て、お前について話をしていった」

マリアは、予想外の話に目をぱちくりさせた。

まさか中身が替わっていることがバレたのでは、と戦々恐々としていたのだが、どうやら全く別の話だったようだ。

公爵は彼女の反応など意にも介さず、淡々と話を続けた。

「殿下は随分とお前に不満を持っているようだな。お前に価値を感じることがなくなったと嘆いておられた。だが、色々思うところがあるようでな。事の次第では、今までのことは水に流してもいいとおっしゃっていた」

「……そうですか」

話の意図が読めず、戸惑いながら曖昧に相槌を打つマリアに、公爵が平淡な声で言った。

「殿下は、お前がリーダーになってやっている卒業研究は、婚約者である自分がリーダーを務めるべきだとお考えだそうだ。それと、国の為《ため》を思うならば、明後日からの視察旅行は取りやめて、もっと戦略的な場所を視察するべきだと思っておられる」

「……は？」

マリアは混乱した。何を言われているのかさっぱり理解できない。

そんな彼女に、公爵は業務的に言った。

「それと、今までのことは不問にしていただけるそうだ。卒業研究の件とこれからの仕事ぶりで、お前の価値を評価して頂けるとのことだ」

これを聞いて、マリアはようやく理解した。つまりこれは、今やっている卒業研究を横取りさせろということだ。しかも、王宮の仕事を押し付けるつもりらしい。

(あんなのが王子って、うちの国大丈夫なの?)

沸々と怒りがこみ上げる一方で、彼女は疑問に思った。

父親は一体どういうつもりで、この話を自分に聞かせているのだろうか。

幾ら無関心な父親でも、もう既に研究旅行の話が中止できないほど進んでいるのは知っているはずだ。

しかも、国王陛下と王妃様が「王宮の仕事と卒業研究は王子本人にやらせよ」と命令した現場に居合わせている。手伝うことが問題になることも承知しているはずだ。

(もしかして、自分が責任を取るから、殿下の言う通りにしろっていうこと?)

マリアがそう問うと、公爵はため息をついた。

「私は、殿下が価値を示せとおっしゃるのであれば、お前は価値を示すべきだと思っているだけだ」

意味がわからないと、マリアは首をかしげた。

「でも、これから研究旅行を中止するのは多方面に迷惑がかかりますし、一緒にチームを組んでいるお二人の問題もあります。国王陛下からのご命令の件もあります。お父様は、これらについてどのようにお考えなのですか？」

マリアの当然の質問に、公爵が低い声で答えた。

「私は、そういったことも含めて、うまくやるのがお前の仕事だと思っている」

「……でも」

戸惑うマリアに、公爵は表情一つ変えず威圧的に言い放った。

「聞こえないのか。私は『うまくやれ』と言っている」

公爵の冷たい表情と言葉を聞いて、マリアは理解した。この人はダニエル王子と同類なのだ、と。「うまくやれ」と圧力をかけ、いざ何か困ったことがあっても、娘が勝手にやったことにするつもりだ。

マリアは押し黙った。よくわからない感情がこみ上げてくる。

気が付くと、彼女は口を開いていた。

「……お父様、なぜシャーロット――私が殿下の婚約者なのですか？　家と家の婚姻であれば、イリーナの方が適していると思うのですが」

ずっと思っていたことだ。家同士の結婚であればイリーナで良いのに、なぜシャーロットを婚約者にしているのだろうか。

父親は目をすっと細めた。

「イリーナでは、エイベル家に利をもたらせない」

「……では、お父様は、ダニエル殿下と私が結婚して幸せになれると、本当に思っているのですか?」

「私にとって価値があるのは家の繁栄だ」

そのへんの石でも見るような目を見て、マリアは悟った。この人は、本当にシャーロットのことなどどうでも良いのだなと。

ダニエルの件も、王様が絡んでいるから下手なことは言えないが、強めに言って圧力をかければ、真面目で責任感の強いシャーロットは何とかするだろう、くらいに思っているのだろう。

そして、真面目なシャーロットは周囲のこういった態度に追い詰められ、自ら死を望むほどになるまで追い込まれた。

(……最低だ、この人)

ブチッと何かが心の中で切れる音がする。マリアは、心の中で公爵令嬢の仮面を投げ捨てると、ため息をつきながら口を開いた。

「……そうですか。まあ、仕方がないですよね。子どもというのは、不幸にも親を選べませんから」

公爵が眉を顰めた。

「なんだ、その口のききかたは」

「まあ、もしも親が選べるんであれば、わたしは絶対にあなたを選びませんけどね。不幸になるのは目に見えていますから」

彼女はガタンと立ち上がった。軽く礼をすると、ドアに向かって歩いて行く。

公爵が鋭い声を上げた。

「どこへ行く」

「話は済んだようですので帰ります」

「わかっているのだろうな」

「ええ、もちろん。自分で考えろということだと思いますので、そうさせていただくことにします」

公爵が愉快そうに笑った。

「ふん、まあいい。子の教育は親の務めだ」

「お話はお済みのようなので失礼いたします」

彼女は無表情にお辞儀をすると、馬鹿にしたような顔で笑う父親を残して部屋を出た。

おどおどした使用人たちが、遅いから泊まっていくようにと勧めてきたが、「明日早いので帰ります」と返す。

そして、彼女は硬い表情で馬車に乗り込むと、月のない夜空の下、自宅へと帰っていった。

◇◇◇

マリアが公爵邸から戻ると、別邸はすでに暗く静まり返っていた。

門の横にある小屋から、門番が慌てて出て来た。

「てっきりお泊まりになるかと思って、申し訳ありません」

まあ、もう十一時だものねと思いながら、マリアは微笑んだ。

「ええ、私の我儘で帰ってきたので気になさらないで下さい」

「すぐに家の者を起こします」

「大丈夫よ、もう遅いし、先に馬を何とかして下さる？　私は自分で行くから、ランタンだけお借りしてもいいかしら」

「……はい、わかりました」

マリアは一人門の中に入った。前庭を通って邸宅の玄関の前に立つ。

そして、呼び鈴を鳴らそうとして、「はあ」とため息をついて胸に手を当てた。心が今までにないほど、ざわざわする。

（……少し歩いてから寝ようかな）

彼女は踵《きびす》を返《かえ》すと、ランタンを片手に庭を歩き始めた。落ち葉を踏みしめながら、フラフラと林の中を歩き回る。

そして、いつもの空き地に到着すると、ため息をついて丸太の上に座った。

（疲れた……）

空を見上げると、どこかどんよりとしており、今にも雨が降ってきそうだ。

（早く家に入らないと）

そう思いながらも、彼女の足は動かない。

そのうちポツポツと雨が降ってくるが、体が鉛のように重くて動けない。

ボーッと考えるのは、先ほどの父の言葉と、黄泉の川で会ったときのシャーロットのこと。

そして、雨脚が強くなり始め、マリアが「もう少ししたら戻ろう」と思いながらも、ボンヤリとランタンに降る雨をながめていた、そのとき。

「シャーロット嬢！」

突然、背後から驚いた男性の声が聞こえてきた。

バサッと何か上着のようなものが被《かぶ》せられるのを感じて見上げると、そこにはこれ以上ないほど心配そうな顔をしたカルロスが立っていた。

「どうしたんだ、こんな時間に。……濡《ぬ》れているじゃないか」

カルロスが、慌ててハンカチを差し出してくれる。

「あれ、カルロス？　どうしてここに？」

ハンカチを受け取りながら首をかしげると、彼は軽く目をそらした。

「……眠れなくて、散歩をしていた」

庭を歩いていたところ、ぼんやりとした光に照らされたシャーロットが見え、只事ではないと、急いで柵を飛び越えて来たらしい。

「ここにいては風邪をひく。館まで送ろう」

「ありがとう。でも、もうちょっとここにいたいの」

差し出された手に、首を横に振ると、カルロスが考えるような表情をする。そして、

「待っていてくれ」と言い残すと、雨の中を走っていった。

マリアがボーッとしながら座っていると、大きな袋と傘を持ったカルロスが戻ってきた。「もうほとんど止《や》んでいるが」と言いながらマリアに傘を渡す。

そして、袋の中から乾いた薪と小枝を取り出すと、ランタンの火を使って火をつけた。周囲が柔らかい光に包まれる。

マリアは、ぱちぱちと音を立てて燃える火を見つめながら、カルロスの大きな上着をギュッと握った。固くなっていた心が少しずつほぐれていく気がする。

彼は袋から薬缶を取り出すと、お湯を沸かし始めた。マリアの前にクッキーやマドレーヌなどが入った籠を置く。

「どうしたの、これ」

「屋敷に戻って見繕ってきた。前に元気が出ないときは甘い物が一番だって言っていただろう？」

本当に優しい人ねと思いながら、お湯が沸くのをながめる。

そして、二人は丸太の上に並んで座ると、熱々のお茶を飲み始めた。

「このマドレーヌは料理長の会心の出来らしい」

「ありがとう。いただくわ」

枯れ葉に水滴が落ちる音を聞きながら、美味しいマドレーヌを食べる。甘い物のお陰か、肩の力が抜けていく。

しばらくして、カルロスが気遣うように尋ねた。

「無理には話さなくていいが、何かあったのか？」

何でも聞くぞという真摯な姿勢に、マリアは微笑んだ。

「ありがとう。……なんて言うか、ちょっとやりすぎたなと思って」

冷静になった今、マリアは後悔し始めていた。シャーロットのことを本当に考えれば、あそこは無難に済ますべきところだった。

カルロスが、ふっと笑った。

「そうか。たまに君は突っ走るからな」

そう言いながら、クッキーを出してくれる。

「これも料理長の自慢のレシピだそうだ」

「ありがとう」

マリアは感謝の目でカルロスを見た。ずっと感じていた胸のざわざわが収まっていく。

クッキーを美味しく食べながら、彼女は頭を働かせ始めた。

あの父親の表情と言葉から察するに、きっと何かしてくるに違いない。正直あんな父親に従うなんて御免だし、せっかく二人とここまでやってきた卒業研究を、王子にめちゃくちゃにされるなんて許せない。

（どうすれば……）

考え込むマリアを、カルロスが静かな目で見守る。

そして、熱々だったお茶が少し冷たくなったころ。俯《うつむ》いていたマリアが、決心したように顔を上げた。

「相談があるのだけど、聞いてくれる？」

カルロスが力強くうなずいた。

「もちろんだ」

◇◇◇

翌日の昼前。

シャーロットの兄であるクリストファーが、憂鬱な表情で馬車に乗っていた。

「まったく、シャーロット《あの子》も下手を打ったもんだな」

手元にあるのは、王宮印の付いた「当主命令書」だ。

家の当主が、一族の者に対して王宮を通して発行する命令書で、王命に準ずる効力を持つ。そして、この絶対とも言える命令書には、シャーロットが王都から出ることを禁止すると書かれていた。

クリストファーは思案した。

この命令書が出たということは、城門を守る衛兵にも「シャーロット公爵令嬢を外に出すな」という命令が下されているはずだ。

(つまり、明日からの視察に行けないってことだ)

このタイミングでこの命令書を出すということは、視察に対して何か条件を付けようという腹だろう。そして、恐らくその条件は、シャーロットが嫌がることだ。

「まったく、父上らしいやり方だね」

嫌な役目を押し付けられたなと思いながら、シャーロットの住む屋敷に到着する。

案内されて家の中に入ると、シャーロットの専属メイドのララが出迎えた。

「あ、ええっと、その、お久し振りです、クリストファー様」

「久し振りだね、元気だったかい？」

「は、はい、お陰様で。……あの、お嬢様に御用ですか？」

「ああ、もしかして、今学園かい？」

「いえ、今朝出発されました」

「……は？」

クリストファーは目をぱちくりさせた。

「出発ってどこに？」

「視察旅行です」

彼は思わずといった風に吹きだした。まさかもう出発したとは！

ララによると、諸事情により前倒しになったと言って、今朝早く出たらしい。

「ははっ、あの父上が先手を取られたって訳か。これは傑作だ」

お腹を抱えて笑うクリストファーを、ララが不思議そうに見つめる。

彼はひとしきり笑うと、涙をぬぐいながら笑顔で言った。

「いないなら仕方ない。すまない、邪魔したね」

そして、「さあて、とりあえず街で昼食でも食べて、ゆっくり戻ることにしますか」

と楽しそうにつぶやきながら、上機嫌で馬車へと戻っていった。

【幕間】ダニエル王子

マリアたちがタナトスに向けて出発した、五日後。

学園にある生徒会長室にて、ダニエル王子が窓の外をながめながら、忌々しそうに舌打ちしていた。

「ちっ、腹の立つことばかりだな」

彼のここ最近の生活は不満だらけだった。まず、自由時間が少なくなり、遊びに行けなくなった。

「原因は、シャーロットだ」

容姿は悪くないが、地味な性格のつまらない女で、婚前を理由に指一本触れさせせようとしない。じゃあ他で価値を示せと、王宮の仕事や生徒会の仕事を押し付け、それなりに便利に使っていた。

嗜虐《しぎゃく》心を刺激する女で、義妹のイリーナと仲良くすればわかりやすく顔色を変え、その様を見るのも実に面白かった。仕事の多さに喘《あえ》ぎ疲弊していく様にも、愉悦を感じた。自分が我慢すれば丸く収まると思ってただ耐える様が実に滑稽で、鋭い言葉を投げつけて表情を変えさせては、何度も大笑いした。

そういう意味では悪くない関係を築けていたが、半年ほど前に状況が一変した。

一週間ほど体調を崩して休んだ後、突然王宮の仕事を投げ出したのだ。

以前であれば、価値を示せと凄めば大人しくなったが、そう言っても全く意に介さず、父親である国王の命令に背けないと突っぱねてきた。

そんな態度は許せないと更に迫ろうとしたところ、どこからか話が漏れたらしく、母親である王妃から、

「風の噂で聞きましたが、シャーロットに仕事を押し付けようとしているようですね」

と厳しく釘を刺された。それ以降、監視の目が厳しくなり、王宮の仕事を自分でする羽目になってしまった。

腹が立ってイリーナと今までより一層親密にするものの、一度諫《いさ》めにきただけで、あとは全く意に介さず、最近では視線も向けてこない。

そして、こちらがイライラしているのを他所《よそ》に成績を伸ばし、卒業研究では特許申請をするという快挙を成し遂げた。食品などと馬鹿にしたが、今やそれが今年一番の注目株になってしまった。

「ふん、まあ、ちょうどいい。その成果を寄越せば、今までのことをチャラにしてやる」

そう思って、父親のエイベル公爵に打診するも、現れたのは申し訳なさそうな顔をした兄のクリストファーだ。公爵が王都を出ることを禁止する直前に王都を出てしまい、どうにもならなくなってしまったらしい。

代わりにと、卒業論文のテーマに合った著名な詩歌《しいか》研究家と、大学で詩歌を研究する研究員二名をサポートにつけられたが、腹の虫が治まらない。

「ちっ、何もかも気に食わない」

ダニエルが、鋭い目つきで外を睨んでいると、ドアをノックする音が聞こえてきた。

「入れ」

「はい、失礼します」

入ってきたのは、シャーロットの義妹のイリーナだった。ピンクのふわふわ髪に潤んだ目をした、容姿だけが取り柄の女だ。

彼女は笑顔でダニエルの近くに来ると、体を寄り添わせた。

「どうしたんですか、お顔が怖いです」

ダニエルは笑顔を作りながら、内心面倒臭いなとため息をついた。

容姿が好みで、すぐに体を許してくる上に、仲良くすればシャーロットが嫌がる。そんな理由から手元に置いたが、最近面倒と感じるようになってきた。

利用する気で利用されているバカさ加減も、最初は愚かで可愛いと思ったが、最近疎ましく思うようになった。

王子の憂鬱そうな顔を見て、イリーナが心配そうな顔を作った。

「大丈夫ですか？　もしかして、またお義姉様が？　ダニエル様にこんな顔をさせるだなんて許せません！」

本気で怒ったような顔をするイリーナをながめながら、ダニエルは思案に暮れた。

これ以上あの女を増長させる訳にはいかない。厳しい躾《しつけ》が必要だ。思い知らせてやれば、また元の嗜虐心をそそる女に戻るだろう。

（ついでに、エイベル公爵家にも思い知らせる必要があるな）

王族である自分の希望に沿わないなど、臣下としてあるまじき行為だ。どちらが上かはっきりさせてやる。

ダニエルは、イリーナに笑顔を向けた。

「イリーナ。考えていることがあるのだが、手伝ってもらえないか。ちょっと君の義姉を教育してやりたいと思っていてね」

イリーナは目をぱちくりさせると、あざとく笑ってうなずいた。

「はい、もちろんですわ、ダニエル様」

第七章　マリア、旅に出る

父に呼び出された翌日の朝早く。

旅の服装をしたマリアが、ララをはじめとする家の使用人たちに別れを告げていた。

「三週間くらいで帰ってくるわ」

「はい、行ってらっしゃいませ」

「お気を付けて。お帰りお待ちしております」

もしかすると、もう会うことがないかもしれないとララに「ありがとう」と抱きつき、使用人たちにも丁寧にお礼と挨拶をする。

そして、「行ってきます」と手を振ると、門の外で待っていたカルロスと共に辺境伯家の馬車に乗り込んだ。馬に乗った護衛に守られながら、馬車が走り出す。

マリアは、家と使用人たちが見えなくなるまで手を振ると、斜め前に座るカルロスに感謝の目を向けた。

「出発の急な変更、本当にありがとう」

「数日の前倒しはよくある話だ。大したことはない」

ちなみに、バーバラには事情を伝えており、途中で合流することになっている。

馬車は貴族街を抜け、王都の城門の前に止まる。

門番が許可証を確認すると、門を開けて敬礼をした。

「どうぞお通り下さい。良い旅を」

そして、馬車が王都を出てしばらくして、マリアは、ほうっと息を吐くと、にんまり笑った。

(これで一安心ね)

父が何かしようにも、王都を出てしまえば何もできない。さっさと目的地で作業を進めるなどして外堀を埋めてしまおう。

してやったりと、ほくそ笑むマリアを見て、カルロスが苦笑した。

「悪い顔だな」

「そんなことはないわ。父上に比べたらまだまだだよ」

「比べる対象が間違っていないか?」

そんな会話をしながら、マリアはカルロスを尊敬のまなざしで見た。

(この人、本当にすごかった)

マリアから「父が何かする前に王都を出たい」と相談されてから、カルロスは実に早かった。すぐにスケジュールを組み直して夜明けと同時に各所に連絡し、早朝には出発できることになった。

本当にすごかったと伝えると、カルロスが頭を搔いた。

「そこまで褒められると、こそばゆいな」

彼曰く、いつ魔物の襲撃があるかわからない生活を送っていたせいで、行動が素早くなったらしい。

照れたような顔で笑うカルロスを見ながら、マリアは密かにため息をついた。

（……元に戻ったら、この人にはもう会えないわね）

卒業研究を一緒にやるようになったあたりから、マリアは彼のことが気になるようになった。

もともと貴族らしくない良い人だと好感を持ってはいたが、それが違う種類の好感に変わってきた感じだ。今までにも増して彼と一緒にいるのが楽しいし、もっと彼のことを知りたいと思うようになった。

もしかして、これが「好き」ということかもしれないと思うものの、マリアは頭をブンブンと振った。

（考えるのはやめよう）

元に戻れば、マリアは田舎の宿屋の娘で、カルロスは貴族の息子だ。普通に暮らしていれば絶対に会うことのない関係だ。

(……まあ、そういう縁だったたってことよね)

そんなことを考えながら窓の外をながめるマリアを、カルロスが切なげに見つめる。

その後、二人は取り留めもない話に花を咲かせた。時々馬車の外に出て紅葉をながめながら休んだり、街に寄って手早く食事を済ませるなど、急ぎながら旅をする。

馬車は進み続け、夕方には宿泊予定の街に到着した。

◇◇◇

旅は極めて順調だった。

二日目の夜、予定通りバーバラが合流した。

「バーバラ！　ごめんなさいね、急に出発を早めて」

「いえいえ、事情は理解しましたから大丈夫ですよ」

バーバラが出がけに調べたところ、エイベル公爵に特に動きはなかったらしい。

(良かった。多分諦めたのね)

　そこから、三人で一つの馬車に乗って旅を続けた。

　父から逃れられたという安心感から、マリアはようやく旅を楽しみ始めた。途中の街に寄って軽く観光や買い物を楽しんだり、馬車の外の景色を楽しむ。特に海が見えてきた時は懐かしさのあまり、思わず「わあ！」と令嬢らしからぬ声を上げてしまった。

（旅ってこんなに楽しいのね）


　そして、出発して六日目の夕暮れどき。

　馬車は、最終目的地である都市ラムズに到着した。

　夕方の街はとても賑《にぎ》やかで、たくさんの人々が忙しそうに行き来していた。あちこちに屋台が出ており、オリーブオイルの香りが漂ってくる。

（この感じ、久し振りだわ）

　タナトスと近いせいか、建物や街の感じがとても似ている。

　馬車で領主館に到着すると、中からバーバラによく似た女性が笑顔で出てきた。

「姉です」と紹介され、丁寧にお礼と挨拶をする。

　その後、三人は、バーバラの姉とその夫であるラムズ侯爵と共に夕食をとった。

魚のオリーブオイル煮込みなど、ディックが作る料理に近いメニューに、思わず食べ過ぎそうになるが何とか我慢する。ここで下手を打ってしまっては元も子もない。最後までシャーロットをちゃんと演じなければと自分に言い聞かせる。

そして、夕食後に部屋に案内され、この日は終了となった。

翌日から、マリアは積極的に行動した。

自分はもういなくなる可能性があるため、出来ることは全てやっていきたいと思ったからだ。

昼間はガラス瓶を作る工房などの現場見学や、関係者のヒアリングなどを行い、夜は三人で相談しながら資料を作る。

ちなみに、カルロスとバーバラには、初日に「タナトスに行きたい」と伝えた。

「一人で行くつもりだ」と言ったところ、「止めた方がいい」と真顔で止められた。

護衛と一緒に行くべきだと言われたが、自由に見て回りたいと頑張ったところ、それならば俺が一緒に行こうとカルロスが言い、二人でお忍びの形で行くことになった。

そして、滞在八日目の早朝。

マリアはバーバラに別れを告げると、動きやすいシンプルなワンピースに着替えて、カルロスと共に領主館をこっそり抜けだした。

ちなみに、カルロスは護衛を兼ねるため、剣士風の格好に帯剣している。

二人は、人通りの多い大通りを歩いて馬車乗り場に向かった。

混雑した馬車乗り場の中を、もみくちゃにされないようにカルロスに保護されながら、タナトス行の馬車を見つけて乗り込む。

そして、積んである荷物とカルロスの間に座ると、マリアは、ホッと一息ついた。

(はあ、久々の人混みは疲れるわ。カルロスは大丈夫かしら)

自分は守ってもらったから良かったが、守ってくれた方は大変だったのではないだろうか。

「大丈夫？」と心配して隣を見上げると、彼は楽しそうに微笑んだ。

「心配ない。俺は楽しんでいる」

「そうなの？」

「ああ、こういう旅は久々だからな。君は大丈夫なのか？」

「大丈夫よ、ありがとう」

ほどなく定員に達したのか、馬車が走り始める。

乗っているのは商人らしき男性や家族連れなど十名ほどで、皆楽しそうに会話をしている。

その様子を懐かしくながめながら、マリアの胸は高鳴った。数時間もすればタナトスの街だ。

(ああ、早く帰りたい)

そう思う反面、マリアは寂しい気持ちになった。もしも元に戻ったら、もう二度とバーバラにも会えないし、カルロスともお別れだ。

そうなった時のことを考えて、今朝バーバラには「どうしたんです？」と、怪訝《けげん》な顔をされながらも、念入りに別れを告げたが……。

(カルロスは……、どうしよう)

マリアは、ちらりと隣に座るカルロスを見た。

彼は、隣に座った家族連れの男の子二人にせがまれて、剣の柄を見せたり、剣術の話をしたりしている。笑顔で男の子たちの相手をするカルロスを見て、彼女は口角を上げた。

(本当にいい人よね。平民の男の子相手にちゃんと受け答えするなんて、なかなか出来ることじゃない)

彼女は軽く息を吐いた。名残惜しいという気持ちが湧いてくる。

（……でも、まあ、仕方ないよね）

こんなことがなければ、知り合う縁もなかった人だ。考えても仕方がない。

（それに、戻れるとも限らないし、あまり深く考えるのはやめよう）

そんなことを考えるマリアを乗せて、馬車は海岸沿いの街道を進んでいく。


そして、約三時間後。

馬車は、とうとうタナトスの街の入口に到着した。

（着いた！）

急《せ》く気を抑えながら、カルロスの手を借りて馬車から降りると、頬に潮の香りのする風を感じる。目を上げると、そこには懐かしい景色が広がっていた。

（ああ、この風景がずっと見たかった）

マリアは、目を潤ませて街をながめた。

街の入口から海まで坂になっており、オレンジ色の屋根が並んでいる奥に、青く美しい海が見える。街のあちこちにある赤や黄色の葉をつけた木々が、季節が秋になったことを感じさせる。

カルロスが、まぶしそうに目を細めた。

「いい所だな」

「……ええ、ずっと来たかったの」

「どこか行きたいところはあるか？」

そう問われ、マリアは考え込んだ。計画では、宿ふくろう亭に行って『久々に会う友人』であるシャーロットと会うつもりだ。そして、魔力回路の開放の可能性について説明し、二人同時にやってみる。

もしも元に戻れれば、それぞれ自分の居場所に戻り、戻らなければ、二人で次の相談をするつもりだ。

(でも、上手くいく気がする)

この街に来て、何となくだが、自分の魂が何かにひっぱられるような、ふわふわとした感覚がある。期待し過ぎてはいけないが、元に戻れるのではないだろうか。

「どうした、大丈夫か？」

黙り込むマリアに、カルロスが気遣うように声を掛ける。

彼女は思考を振り払うと、彼ににっこり微笑んだ。

「じゃあ、まずはあそこの船着き場に行ってみない？　きっと綺麗だわ」

宿まで少し遠回りになるが、最後に彼をお気に入りの場所に案内したい。

二人は白い石畳の道の上をゆっくり歩き始めた。

「天気が良くて気持ちいいな」

楽しそうなカルロスに、マリアは「そうね」と相槌を打った。歩き慣れた道を彼と歩くことに不思議な感覚を覚える。

そして、坂を下り切ったところにある船着き場に到着すると、カルロスが目を細めた。

「綺麗なところだな」

船着き場の前の広場には、可愛らしいレンガ造りの倉庫が並んでいる。

カルロスが、並んでいるベンチの一つにマリアを座らせた。

「座っていてくれ。あそこで飲み物を買ってくる」

指を差す方向を見ると、食べ物の屋台が出ており、人が並んでいる。

カルロスに「ありがとう」とお礼を言って見送ると、マリアは軽く息を吐いた。大好きな場所に戻ってこられたことに安心感を覚える。

（やっぱりわたし、この街が大好きみたい）

そんなことを考えながら、海をながめてぼんやりとしていた、そのとき。

「おねえちゃん！」

不意に、後ろから聞き覚えのある声が聞こえてきた。

「待ちな、コレット！　そんなに走ったら転んじまうよ！」

続いて聞こえてくる、懐かしい声。

目を見開いて振り向くと、女の子が元気よく走っていく姿が見えた。その後ろを、中年の女性が汗を拭きながら追いかけている。

（コレット！　サラ母さん！）

そして、その走っていく先を見て、マリアは思わず立ち上がった。

そこにいたのは、茶色の髪に青紫色の瞳をした自分の元の姿、宿屋の娘マリア《シャーロット》であった。髪をお洒落にまとめており、見たことのない白いワンピースを着ている。

女性《シャーロット》は青紫色の目を細めると、駆け寄ってきたコレットの頭を優しくなでた。

「コレットちゃん、あまり走ると危ないわ」

「あたし、ころばないよ！」

むくれるコレットに、女性が微笑みかけた。

「ええ、転ばないわ。でも、他の人にぶつかったら危ないでしょう？」

女性の表情を見て、マリアは目を見開いた。

（……何て幸せそうなの）

それは、記憶の中で一度も見たことのないほど、幸せと喜びに満ちた表情だった。

呆然とするマリアの目の前で、サラが息を切ってコレットと女性に合流した。

「まったく、どんどん足が速くなるねえ。――それで、買えたかい？」

「はい、買えました」

女性が腕に提げていた袋を開けて見せると、サラとコレットがうっとりした顔になった。

「おいしそう！」

「ああ、美味しそうだねえ」

そこに、髭を生やした大柄の中年男性がやってきた。

（ディック父さん！）とマリアが目を見張る。

彼は三人の横に立つと、持っていた袋の中を嬉しそうに見せた。

「こっちも買えたぞ」

「まあ、美味しそうですね」

「あたし、おなかすいた！」

幸せそうな四人を見て、マリアは雷に打たれたように立ちすくんだ。脳天をガツンと殴られたような衝撃に、思うように頭が働かない。

そんな彼女の目の前で、四人が楽しそうにマリアのいるベンチとは逆方向に歩き始めた。

「……っ」

マリアは思わず、待って、という風に手を伸ばした。声を掛けようと口を開くが、目の前の幸せそうな四人の姿と女性の幸せそうな笑顔を見て、声が出せない。

そして、四人の姿が角に消えるのを見送って、彼女はその場にしゃがみ込んだ。心臓が激しく動悸《どうき》し、息が上手く吸えない。

彼女は片手で顔を覆った。間違いなくチャンスだった。さりげなく話しかければ良かった。それなのに、自分は動けないどころか、どうして声も出せなかったのか。

「……シャーロット嬢！」

そのとき、遠くから大きな声が聞こえてきた。

顔を上げると、血相を変えたカルロスが駆け寄ってきた。

「どうした、大丈夫か」

「あ、うん、大丈夫。……買えたの？」

「いや、見ていたら急に座り込んだから、慌てて走ってきた」

彼はマリアをそっとベンチに座らせると、その前に跪《ひざまず》いた。

「気分が悪いのか？」

「……大丈夫、少しびっくりしてしまって」

「そういえば、何かを見て驚いた顔をしていたな」

「……知り合いがいたの。……でも、声を掛けられなかった」

「そうなのか」

マリアは目を潤ませて、コクリとうなずいた。

「……すごく幸せそうで、声を掛けるのが正しいのか、わからなくなっちゃった」

カルロスが黙ってマリアの横に座り、守るようにそっと肩を抱き寄せる。

彼女はカルロスの肩に顔を埋めた。自分でも自分の心がわからない。

その後、何とか立ち上がるものの、宿ふくろう亭にはどうしても行けず。

「きっと疲れたのだろう。今回は早く戻ろう」

「本当にごめんなさい」

「気にするな、帰ってゆっくり休んだ方がいい」

そんな会話をカルロスと交わすと、いつの間にか来ていた侯爵家の馬車に乗せられ、元の街へと戻っていった。

【一方その頃】シャーロット・エイベル（三）

マリアが、都市ラムズから馬車でタナトスに向かっていた、ちょうどそのころ。

シャーロットが二階から降りていくと、カウンターでサラが身なりの良い眼鏡の青年と話をしていた。

（最後のお客様かしら）

サラがひょいと階段を見上げると、笑顔でマリアに声を掛けた。

「よく来て下さるお客さんだよ」

青年はチラリとシャーロットを見ると、ニコニコ笑いながら帽子を取った。

「お世話になりました。また来ます」

シャーロットはマリアっぽく笑った。

「ありがとうございました。またお越しください」

男性客を見送った後、シャーロットはいつも通り掃除を始めた。コレットと一緒に洗濯もする。

そして、お昼の時間になると、ディックが笑顔で厨房から出てきた。

「今日は久し振りに外で食べるか」

「いいねえ、浜辺でピクニックと洒落《しゃれ》込もうじゃないか」

「わあい！　おそと！」

コレットが嬉しそうにぴょんぴょん跳ねる。

サラの話によると、秋は収穫の時期ということもあり、屋台が増えるらしい。

（何だか楽しそうだわ）

シャーロットは笑顔になった。家族で出掛けるなんてしたことがない。

その後、サラと手分けして宿中の戸締りをすると、自室に戻って、やや浮かれながら新しいワンピースに着替える。

そして、部屋を出て階段を降りようとした、そのとき。

（……あら？）

不意に覚えた奇妙な感覚に、シャーロットは胸を押さえた。気分は悪くないのに、どこかふわふわとするような、軽く引っ張られているような、そんな感覚だ。

何かしらと思いながらも、特に体調が悪いわけでもないので、そのまま階段を下りる。

一階では新しい服を着たコレットが、嬉しそうに走り回っていた。

「おでかけだよ！」

「コレット、あんた走っちゃダメだよ。すぐ迷子になるんだから」

そんな会話をしながら、四人は一緒に宿を出た。秋晴れの空の下、紅葉をながめながら坂を下りる。

シャーロットは、はしゃぐコレットと手をつないで歩きながら坂の先をながめた。青い海がキラキラと輝いている。

（いい天気ね。風がとても気持ちがいいわ）

そして船着き場に到着すると、そこにはいつもの倍くらい屋台が並んでいた。人も多く、皆楽しそうに屋台に並んだり、何かを食べたりしている。

「結構並ぶから、手分けしよう」

相談の結果、シャーロットとディックが屋台に並んで食事を買い、サラがコレットを見ていることになった。

シャーロットは、見たこともないほど大きなドーナツを揚げて売っている屋台に並んだ。

（ドキドキするわ、こんな風に屋台に並んだのは初めて）

そして、砂糖や香辛料がまぶしてある大きなドーナツを四つ買うと、待ち合わせ場所である広場に向かった。持っている紙袋から漂ってくる甘い香りが食欲をそそる。

（いい香り、とても美味しそうだわ）

そして広場に到着すると、「おねえちゃん！」という声がして、コレットが走ってきた。足に抱き着いてくると、ニコニコしながら顔を見上げてくる。

（ふふ、何て可愛いのかしら）

そこに息を切らしたサラと、屋台で大きなサンドイッチを買ってきたディックが合流し、四人は海岸でお昼を食べることになった。

嬉しくて飛び跳ねるコレットと手をつなぎながら、シャーロットは思わず笑みをこぼした。とても幸せな気分だ。

そして、広場を通り抜けて角を曲がり、彼女は、ふと立ち止まった。誰かに見られているような、気になるような、そんな不思議な感覚がする。

（……何かしら）

気になって振り向いて見るものの、人がたくさんいるくらいで、特におかしなところはない。

立ち止まるシャーロットを、コレットが不思議そうな顔で見上げた。

「どうしたの？　おかあさんたち、いっちゃうよ？」

「本当だわ、ごめんなさいね」

「はやくいこう！　おなかすいた！」

シャーロットは、コレットの手をひいて再び歩き出した。何となく戻らなければならない気がするが、お腹を空かせた三人を待たせてはいけないと思い、一緒に海岸に向かう。

そして、楽しい食事が終わった後、四人は片づけを済ませて宿屋に戻り始めた。

「おいしかったね！」

「ええ、とても美味しかったわ」

コレットと手をつなぎながら、シャーロットは微笑んだ。青い空の下、四人で仲良く分け合って食べた食事は本当に美味しかった。

（わたくし、本当に幸せだわ）

秋の暖かい陽《ひ》ざしの下、サラやディック、コレットと笑い合いながら、紅葉の美しい坂をゆっくりと上っていく。

そして、宿屋に到着し、扉を開けてディックが先に中に入った。続けてコレットが「ただいま！」と中に駆け込んでいく。そして、シャーロットとサラが中に入ろうとした、そのとき。

「おや、珍しいね。出掛けてたのかい？」

買い物籠を持った隣の酒屋のおかみさんが、ニコニコしながら話しかけてきた。

コレットが、ひよこっと扉から顔を出した。

「おおきなドーナツたべたの！」

「おやそうかい。そりゃあ良かったねえ」

おかみさんが笑顔でコレットに優しくうなずく。そして、サラとシャーロットに顔を向けると、話したくてたまらないという表情で口を開いた。

「実はね、この街にお貴族様っぽいご夫婦が来てるんだよ」

貴族という言葉に、シャーロットがぴくりと肩を動かす。

サラが目を見張った。

「おやまあ、何でまたこんな田舎に」

「さあ、観光かねえ。奥様の方が気分が悪くなったとかで、ジェニファのとこのカフェで休んでいてさ」

おかみさんが、うっとりとした表情をした。

「その旦那の方がさあ、そりゃあいい男でねえ。背も高くて顔も良くて、カッコいいったらないいんだよ。奥様の方も顔色は悪かったけど、とんでもなく綺麗でねえ。ありや間違いなくお貴族様だよ」

シャーロットは思わず胸を押さえた。心臓の鼓動がどんどん早くなっていく。

（もしかして……）

彼女は、思い切って夢中で話をするおかみさんに尋ねた。

「あの、その奥様、どんな方でした？」

おかみさんは、よくぞ聞いてくれたというように目をキラキラさせた。

「すごい美人だったよ！　髪が水色でサラサラでさ、ウエストなんてびっくりするくらい細くてさあ。目なんて、見たことないほど綺麗な水色でさ」

ガツンと頭を殴られたような衝撃がシャーロットを襲った。水色の髪と目を持った貴族はそう多くない。加えて昼頃から感じる、ふわふわとした違和感。

（……きっとマリアさんだわ！）

居ても立ってもいられなくなり、シャーロットは、「ちょっと買い物に行ってきます」と言い残して走り出した。マリアがいるというカフェの方向に向かって必死に足を動かす。途中で誰かに声を掛けられた気もするが、そんなことは構わずどんどん進んでいく。

そして、角を曲がってカフェがある通りに出ると、一台の立派な馬車が停まっているのが見えた。ラムズ侯爵家の紋章を付けている。

（ラムズ侯爵家には、確かバーバラ様のお姉様が嫁いでいるはずだわ）

と、その時、カフェの中から二人の人物が出てきた。一人は見覚えのある美丈夫、カルロス。そして、もう一人の方を見て、シャーロットは雷に打たれたように立ち尽くした。

（……わたくし、だわ）

それは紛れもなく自分の元の姿だった。カルロスに支えられるように馬車に乗り込んでいる。

シャーロットは、胸を押さえた。

行かなければいけないと思っているのに、体が動かない。頭の中が真っ白だ。

目の前で、馬車がゆっくりと動き出す。

そして、それがこちらに走ってくるのを見て、シャーロットは思わず建物の陰に隠れた。しゃがみこんで頭を抱えながら、馬車が通り過ぎるのをやり過ごす。

馬車が過ぎ去った後、彼女は茫然《ぼうぜん》と立ち上がった。馬車の姿が見えなくなるまで見送ると、ヨロヨロと元来た道を辿って宿屋へと戻り始める。歩いているうちに、ふわふわした感覚がなくなっていく。

宿屋に帰ると、一階にいたサラに「少し休みます」と言って、階段を上った。部屋に入り、ドアを後ろ手で閉めると、それに寄りかかる。

そして、両手で顔を覆うと、彼女はずるずると床に崩れ落ちた。

「……行けなかった」

声を掛けるべきだった。マリアと戻る方法について相談するべきだった。そうは思っているのに、彼女はどうしてもそれが出来なかった。

（……最低だわ）

シャーロットは嗚咽《おえつ》を漏らした。行かなかった自分を軽蔑すると同時に、今の生活を手放さなくても良かったことにホッとしている自分を、これ以上ないほど情けなく感じる。

そして、ベッドに顔を埋めて涙を流すこと、しばし。

ふと顔を上げると、部屋は既に薄暗くなっており、外には夕方の気配が漂い始めていた。

窓の外に見えるオレンジ色に染まる海を見て「綺麗だわ」とつぶやく。タナトスに来て初めて海というものを見たが、こんなに雄大で美しいものだとは思わなかった。

街には明かりが灯り始め、どこからか夕食を作っているらしい良い香りが漂ってくる。

家に帰る途中の子どもたちのにぎやかな声を聞きながら、シャーロットがひとりごちた。

「……いいところだわ」

そして思った。わたくしは、これからどうすればいいのかしら、と。

ほんの少し前まで、彼女は元に戻ることについて、特に何とも思っていなかった。入れ替わったものが戻るのは当然なことだと思っていたからだ。大好きな宿屋の人たちを安心させたいという思いもあった。

しかし今日、元に戻れる機会に直面して、彼女はどうしようもない恐怖に襲われた。マリアに会いに行かなければと思うものの、体が動かなかった。

（……理由はきっと、わたくしが知ってしまったからだわ）

以前のシャーロットは、家族や婚約者に愛されよう、認められようと必死だった。価値を示せと言われれば望まれることは全てやり、どんな理不尽も飲み込んで耐えた。自分さえ我慢すれば丸く収まると思い、我慢に我慢を重ねて必死に相手に尽くした。

でも、ここに来て、親から子どもに対する惜しみない無償の愛情というものを知った。笑顔で「ありがとう」と感謝される喜びと、自分が認められ、肯定される感覚を知った。笑顔でお互いを思い合い、支え合う生活の温かさを知ってしまった。

（……わたくしはもう、あの公爵家に戻りたくないのだわ）

戻ったところで待っているのは、自分を駒としか見ない父と無関心な兄、同じ人間としてすら見ていない婚約者のダニエル、意地悪な義母と義妹と、冷たい屋敷だ。そんな中で、また自分を殺しながら微笑んで生きていくなど耐えられない。

彼女は窓の外を見上げた。夕暮れの空に白い月が浮かんでいる。その月をながめながら、彼女は小さくつぶやいた。

「わたくしは、ここで幸せ過ぎたんだわ」

そして、ぼんやりと白い月をながめていた、そのとき。

パタパタ、と軽い足音がした。ノックの音と共にドアが開いて、コレットが小さなニコニコ顔をのぞかせる。

「おねえちゃん、ごはんだって！」

シャーロットは我に返ると、コレットに笑顔を向けた。

「ありがとう、今行くわ」

「きょうは、しちゅーだよ！」

「まあ、楽しみね」

パタパタと楽しげに遠ざかっていく足音を聞きながら、シャーロットは涙を拭いた。深呼吸すると、おかしなところがないようにと、軽く身繕いする。

そして、再び窓の外に広がるオレンジ色の海をながめたあと、ゆっくりと部屋を出ていった。

第八章　運命の年末パーティ

視察旅行は日程通り終わり、マリアはカルロスとバーバラと共に帰路に就いた。帰りに「せっかくだし、もう一度タナトスに寄るか？」と尋ねられたが、体調不良を理由に断った。心の整理ができておらず、どうすれば良いかわからなかったからだ。

バーバラは、マリアが落ち込んでいる理由が、タナトスをあまり観光できなかったからだと思っているようで、「また機会を作りましょう」と慰めてくれた。

カルロスは思うところがあったようだが、「何かあるなら相談に乗る」と言うにとどめてくれた。

（わたしは本当に良い友人を持った）

二人に精神的に支えられながら、何とか笑顔で王都に戻ると、やけに機嫌の良い兄がやってきた。

「いやいや、いい物を見させてもらったよ」

どうやら、父が出し抜かれる様が相当面白かったようだ。

怒れる父については、何をどうやったかわからないが、何とかしてくれたらしく、呼び出されるようなことはなかった。

そして、父を何とかする過程でダニエル殿下も何とかしてくれたらしく、彼と学園の廊下をすれ違った時に、「お前の品のない研究など必要なかったな」と嫌味を言われた。

どうやら兄が優秀な人材を手配したらしく、非常に満足しているらしい。

（お兄様って腹黒いけど、いざという時頼りになるわね）

見返りに何を要求されるのか考えると恐ろしいが、とても助かった。

その後、視察旅行のレポートをまとめたり、生徒会の引き継ぎをしたりと、目が回るような忙しい日々を送りながら、マリアは思案に暮れた。

「どうしてわたしは、シャーロットに声を掛けられなかったのだろうか」

散々考えた末に出た答えは、「罪悪感」と「疎外感」だった。

（わたしはきっと、シャーロットの幸せを奪う気がしてしまったのね）

死を選ぶほど追い込まれた彼女が見せた幸せそうな笑顔を見て、その笑顔を奪うことに罪悪感を覚えてしまったのだ。

そして、宿屋の三人と親しくする彼女を見て強く感じたのは、自分がいらない者になってしまったかのような疎外感だった。

（……何だか矛盾している）

恐らく、矛盾していたから心の中がゴチャゴチャになって、声を掛けられなくなってしまったのだろう。

（……でも、元に戻らないといけないと思う）

自分は宿屋の娘マリアだ。自分には自分の人生があり、シャーロットにはシャーロットの人生がある。

この生活にも慣れたし、ララやバーバラ、そしてカルロスなど、別れたくない人たちもいる。でも、やはり元に戻ってそれぞれの人生を全うするべきだ。

（戻ろう）

バーバラによると、来年の春くらいに都市ラムズに新しい瓶詰工場がオープンする予定で、その式典に呼んでもらえるらしい。少し先にはなるが、その時にまたタナトスに行こう。

決心が固まり、落ち着いた気持ちで研究レポートの作成と生徒会の引き継ぎに没頭し始める。

ちなみに、来年の生徒会には義妹のイリーナが入るようで、たまに生徒会室に現れるようになった。引き継ぎのため話すようになり、行動を共にすることも増えた。

彼女は悲劇のヒロインになりたいタイプらしく、何かあると場所を弁《わきま》えずに泣き出すという面倒なところがある。しかし、前のように意地が悪いことを言ってくる訳でもないので、なるべく親切に対応している。


そして、タナトスから戻ってきて、約三カ月。

吐く息が白くなる冷たい冬の早朝、厚手のコートを羽織ったマリアが、屋敷の敷地内を散歩していた。

(何とかいち段落ついたわね)

前の日に、ようやく生徒会活動の引き継ぎが全て終わったのだ。夜遅くまで資料を準備する生活からやっと解放され、清々しい気分だ。

(残るは、年末パーティの挨拶だけね)

年末パーティとは、学園の大講堂で開かれる立食パーティのことだ。参加者は生徒全員で、現生徒会メンバーは、ここで退任の挨拶をして正式に引退となる。

(本当だったらシャーロットが挨拶できれば良かったんだけど)

約三年間の活動のうち、マリアがやったのは半分にも満たない。本来であれば最後の挨拶はシャーロットが相応しい。

(でも、こればかりは仕方ないよね)

着ていくドレスは、ララに準備を頼んである。当日はそれを着て、せめてシャーロットらしい挨拶を心掛けよう。と、そんなことを考えながら歩いていると、

「おはよう」

不意に声を掛けられた。声の方向を向くと、柵越しに笑顔のカルロスが立っていた。動きやすそうな服を着て、手に木刀を持っている。

「散歩か?」

「ええ。昨日久々に早く寝たから、早く目が覚めたみたいで」

「俺もだ、やっと資料作りから解放されて気分爽快だ」

カルロスもそうだったのね、とマリアがくすりと笑った。

(こうやって、二人で話すのは久し振りね)

タナトスへの旅行以来だろうか。最近は二人とも忙しく、生徒会室で業務的な話をするくらいだった。

カルロスが、微笑みながら口を開いた。

「昨日、料理長が新作のタルトを作ったんだが、一緒にどうだ?」

「すごく魅力的なお誘いだわ」

マリアは目を輝かせた。カルロスの家の料理長のお菓子は絶品だ。それに、久し振りに彼とゆっくり話がしたい。

その後、例の空き地で待ち合わせの約束をすると、マリアは館に戻った。上から更にマフラーを巻いて防寒し、お茶のセットを袋に詰めて足取り軽く家を出る。

そして、空き地に到着すると、暖かそうな上着を着たカルロスが竈を作っていた。

「早かったわね」

「走ったからな。そこに座ってくれ」

マリアは竈を囲むように置いてある丸太の上に座った。目の前で、カルロスが火を熾しておお湯を沸かしており、時折冷たい風が彼の金髪をそっと揺らしている。

その様子をながめながら、マリアは巻いていたマフラーに口元を埋めた。

（この人と一緒にいると、すごく落ち着く。空気感とかそういう感じかな）

その後、マリアが沸いたお湯でお茶を淹れ、二人はお互いに「ありがとう」と言い合うと、カルロスが持ってきた林檎《りんご》のタルトを食べ始めた。

「ん、美味しい！」

香ばしいバターの香りがするサクサクのタルト生地と、甘酸っぱいシャキシャキの林檎の組み合わせが実に絶妙だ。

「すごいわね。何個でも食べられそう」

「それは良かった。料理長が聞いたら大喜びだ」

タルトを楽しそうに食べるシャーロットに、カルロスが嬉しそうに目を細める。

そして、全て食べ終わると、二人はお茶を飲みながら会話をし始めた。

話題は、研究レポートのことと、十日後に迫った年末パーティのことだ。

カルロスの話では、一カ月前に提出した卒業研究がかなりの高評価を受けており、最優秀の最有力候補に挙がっているらしい。

「楽しみね。取れているといいわね、最優秀賞」

「特許が承認されそうだから、取れるんじゃないか」

ちなみに発表は年末パーティの時に行われるようで、その場で表彰もされるらしい。

「挨拶もあるし表彰もあるし、盛り沢山なパーティになりそうね」

「そうだな」と、カルロスがうなずく。そして、ふと思い出したように口を開いた。

「そういえば、今回はダンスもあるらしいな」

「ダンス？」

マリアは眉間に軽くしわを寄せた。

（タナトスのお祭りでやるような、輪になって踊るやつじゃないわよね）

そんなことを考えながら、シャーロットの記憶を探る。そして、

『パーティの際、伯爵家以上の子女は、一曲目に必ず誰かと踊らなければならない。婚約者がいる者は婚約者と踊るのが常識』

という謎の貴族ルールを発見し、げんなりした顔をした。

（……最悪だ）

最近の王子は、マリアを徹底的に無視してイリーナとイチャついている。あの様子だと、確実に一曲目で婚約者のマリアではなくイリーナと踊るだろう。その間、婚約者であるマリアは踊る相手もおらず、ただ二人を見ているだけ。

恐らく、これは貴族的に非常に惨めで恥ずかしいことだ。

（……わたしは気にしないけど、シャーロットの顔に泥を塗ってしまうことになりそうね。後々まで笑われる羽目になるかもしれない）

暗い表情の彼女を見て、カルロスが気遣わしげに目を細めた。

「渋い顔をしているな」

「ええ、気分はあまり良くないわね。殿下はイリーナと踊る気でしょうし」

カルロスが、「そうか」と眉をひそめる。そして、考えるように黙り込んだ後、ゆ

っくりと口を開いた。

「君さえ良ければ、俺と踊ってくれないか？」

「……え？」と、マリアは目をぱちくりさせた。

「それは、最初の曲で、ということ？」

彼がいたずらっぽく笑った。

「そうだな。君と殿下が最初に踊るのであれば、俺は二番目になる。でもそうでなければ、結果として一番になるだろうな」

マリアは思わず噴き出した。それは確実に一番になる。

「でも、いいの？　カルロスは色々言われるのではなくて？」

彼は笑って首を横に振った。

「言われるかもしれないが、所詮は学園のパーティ内の話だ。大したことにはならないと思う。元をただせば一番の問題は殿下だしな」

そう言いながら、彼はマリアの前にひざまずいた。

「シャーロット嬢、どうか私と踊っていただけませんか」

マリアは固まった。いつになく真剣な表情の彼に、どうして良いかわからず目を泳がせる。そして思った。カルロスは本当に大丈夫なのかなと。

（大したことにならないって言うけど、本当にそうなのかな……）

マリアはダニエルが浮気したという言い訳が立つとは思う。でも、王族の婚約者を誘ったカルロスは色々言われるのではないだろうか。

迷うような表情のマリアを見て、カルロスがふっと笑う。そして、彼は真摯な顔で手を差し伸べた。

「この手をとってくれないか。俺は君の辛そうな顔が見たくないんだ」

その青い誠実な瞳を見て、マリアは思った。ここまで言われて断るのは失礼だろう。

……それに、自分もこの人と踊ってみたい。

彼女は、カルロスの大きな手の上にぎこちなく自分の手を置くと、小さな声で言った。

「よ、よろしくお願いします」

カルロスはその手をそっと握ると、「こちらこそ」と嬉しそうに破顔した。

◇◇◇

カルロスからダンスを申し込まれた十日後、年末パーティの当日。

淡い青色のアフタヌーンドレスを着たマリアが、ララと共に馬車に乗って学園に向かっていた。その胸には、清楚《せいそ》な雰囲気の真珠色の薔薇《ばら》のコサージュが飾られている。

マリアは窓から外を見ながら、小さくため息をついた。

(なんだか今日まであっという間だったわね)

カルロスとダンスの約束をしたその日の午後、ニコニコと笑う兄クリストファーが館にやってきた。

「借りを返してもらいに来たよ」

そう言って渡されたのは教会からの手紙で、中には奉仕活動への参加依頼が入っていた。場所は馬車で五時間ほど離れた隣街で、期間は約一週間だ。

ちなみに、拘束期間が長い場合は、家族で分担して出席する家がほとんどらしい。

(それを一人でやれって、いくら何でもひどくない？)

そうは思ったものの、父親やダニエルの対処をしてもらったことを思い出すと文句も言えず。パーティ前日の夕方まで、隣の都市で寝泊まりしながら奉仕活動をする羽目になった。

(お陰でダンスの練習どころじゃなかったわ)

カルロスに付き合ってもらって一回くらい練習したかったのだが、そんな暇もなかった。シャーロットの体が覚えていてくれるとは思うが、実に不安だ。

そんなことを考えながら、ぼんやりと外をながめていると、正面に座っているララが、マリアの胸に付いているコサージュを直してくれた。

マリアが我に返って「ありがとう」と言うと、ララが恥ずかしそうに微笑んだ。

「いえ、ちょっと曲がっていたのを直しただけなので」

そして、うっとりした表情でコサージュを見た。

「本当に綺麗です。カルロス様、センスがいいです」

マリアが身に付けている美しいコサージュは、今朝カルロスから届いたものだ。どうやら学園のパーティでは、異性にもらったコサージュを胸に付ける習慣があるらしい。

ララがため息をついた。

「本来であれば、ダニエル殿下からもらうものだと思うんですけど……」

マリアは苦笑いした。

「きっとイリーナがもらっているんじゃないかしら」

「そんなのあんまりです……」

「わたしは気にしていないから大丈夫よ」

そんな話をしている間に、馬車が学園の門をくぐって中に入っていく。

馬車乗り場に到着して馬車から降りると、そこにはたくさんの楽しそうな生徒たちがいた。男性はスーツ。女性は色とりどりのアフタヌーンドレスで、胸元には婚約者や恋人からもらったらしきコサージュをつけている。

(なるほど、こういう雰囲気なのね)

マリアが物珍しげに周囲をながめていた、そのとき。

後ろから「シャーロット嬢！」という声が聞こえてきた。

声の方向を見ると、そこに立っていたのは、兄からもらったという黄色のコサージュをつけた紺色のドレス姿のバーバラと、グレーの上品なスーツを着たカルロスだった。

カルロスが、マリアの胸元を見て嬉しそうに微笑む。

マリアはララに別れを告げると、二人と共に会場である大講堂に向かった。

周囲を見ると、婚約者がいる女性は皆、婚約者にエスコートされている。

(もしかして、わたしが肩身が狭く思わないように待っていてくれたのかな)

二人に改めて「ありがとう」と言うと、「大したことじゃない」と笑われる。

そして歩くこと、しばし。三人は大講堂に到着した。

あちこちに花で飾り付けられた丸テーブルがあり、会場の端の長テーブルには美味しそうな料理が並んでいる。

生徒たちが楽しそうに食事をしたり歓談したりしており、ウエイターたちがお盆の上に飲み物を載せて配っている。

三人はそれぞれ料理を取ると、テーブルの一つを陣取って会話を始めた。

顔が広いカルロスのところには、次々と男子生徒が来て挨拶をしていく。バーバラも同様で、次々と女子生徒が来ては挨拶をする。

驚いたことに、マリアのところにも結構な数の女子生徒が来てくれた。同じクラスの女性などで、どうやら仲良くしたかったようなのだが、マリアが授業が終わってすぐに出て行ってしまうため、話す機会がなかったらしい。

(長く話すとバレそうだから無理だけど、わたしももう少し話をしてみたかったな)

そして、挨拶が済んで人がいなくなった後、三人は改めて乾杯をした。

ちなみに、現在はパーティ開始時刻の三十分ほど前だ。時間になると先生方が来て、パーティが本格的に始まることになっている。

パーティではまず開会式が行われ、次期生徒会メンバーの紹介、卒業研究の表彰、学園長の言葉、などが行われる予定だ。

バーバラが、嬉しそうに眼鏡を上げながら声を潜めた。

「実は、先ほど新生徒会長から聞いたのですが、我々の卒業研究が最優秀賞に選ばれたようです」

「え！　そうなの？　やったわね！」

「それは嬉しいな！」

三人は興奮しながら、ぼそぼそと楽しく囁き合った。

途中で機嫌が悪そうなダニエルと、ピンク色の派手なドレスを着たイリーナが入場して注目を集めるが、そんなことは意にも介さず、これからの瓶詰の展開について熱く語り合う。

そして、三人が「今後についてパーティ終了後に相談しないか」「そうしましょう」という会話を交わしていた、そのとき。

「――お義姉様」

突然、後ろから女性の声が聞こえてきた。

振り返ると、そこに立っていたのは微笑を浮かべている義妹のイリーナだった。彼女の胸には、ダニエルの瞳と同じ金色のリボンが付いた真紅の薔薇のコサージュが飾られている。

ダニエル王子に放っておかれた婚約者と、その婚約者の代わりに王子と共に入場した義妹との組み合わせに、会場がピリッとした空気に包まれる。

（何の用かしら）

イリーナに「どうしたの？」と尋ねると、彼女が申し訳なさそうに俯いた。

「色々ご迷惑をお掛けしましたので、お詫《わ》びに参りました」

マリアは軽く目を見開いた。イリーナのまさかの言動に驚きを覚える。

イリーナが、ウエイターが持ってきたお盆からグラスを二つ取って、そのうち一つをマリアに渡す。

そして、「仲直りの乾杯をして下さいませ」と言われ、マリアはグラスをカチリと合わせて、飲み物に口をつけた。

さわやかな味が口に広がり、花のような香りが鼻に抜ける。

（どこかで嗅いだことのある香りだわ、どこだっけ）

そんなことを考えていると、イリーナがしおらしく俯いた。

「ダニエル殿下を取るような形になってしまって本当に申し訳ありません。でも、ダニエル殿下がどうしてもとおっしゃって」

「……そうなのね」

「ええ、お義姉様より私の方が数倍魅力的なんですって。ほら、お義姉様は女性としての魅力に欠けていますから、ダニエル様には相応しくないですし」

マリアは目をぱちくりさせた。心の中は疑問符でいっぱいだ。

(この子、何を言っているのかしら)

よくわからないけど相手にするのも面倒だと、マリアは穏やかに口を開いた。

「ダニエル様が決めたことなら、別にあなたが謝る必要はないわ。気にしていないから大丈夫よ」

「お義姉様、隠さないでください。本当は怒っているのでしょう？」

「いいえ、怒っていないわ。だから気にしないで」

何なのこの子と思いながら、さっさと会話を終わらせたくて、笑顔で気にしていないと言い切る。

イリーナが、そんなマリアを忌々しそうに睨みつける。そして意地悪く笑うと、突然しくしくと泣き始めた。

(……え？　どういうこと？)

マリアは戸惑った。この子は一体何をしたいのだろうか。

そこに、まるで見計らったように深刻そうな顔をしたダニエルが現れた。

「どうしたんだ。イリーナはなぜ泣いているんだ？」

「ダニエル様……、お義姉様が……」

イリーナが、泣きながらダニエルに縋りつく。

マリアが呆気にとられる中、ダニエル王子は深くため息をつくと、マリアに軽蔑の目を向けた。

「前々から聞いてはいたが、お前は最低だ。妹を泣かせるなんて、王族の婚約者としての自覚があるのか？」

（……は？）

マリアは呆気にとられた。一体何を言っているのか、さっぱりわからない。

会場中が注目するなか、ダニエルが大きな声でマリアを糾弾し始めた。

生徒会の仕事にかこつけてイリーナに散々嫌味を言って泣かせたり、大量の資料を無理矢理持たせてこき使ったり、ノートを破いたなどと並べ立てていく。

「しかも先週末、イリーナを呼び出して、気に入らないからと頰を打ったらしいな。自分が何をしているのかわかっているのか？」

生徒たちがざわめいた。

「そういえば、イリーナさんが泣いているのを見たことがあるわ」

「私は資料を持たされているのを見た」

「頬を打つなんて、いくら家族とはいえ酷いわ」

　などと声が上がる。

　カルロスとバーバラが、マリアの後ろに立った。

「恐れながら殿下、シャーロット嬢はそのようなことをしておりません」

「そうです。彼女はただ生徒会の引き継ぎをしていただけです」

　ダニエルが二人を睨みつけた。

「君たちは黙っていてくれないか。これは我々の個人的な問題だ」

　マリアはため息をついた。

(すごく面倒なことになったわ)

　嗜虐的な笑みを浮かべるダニエル王子と、口の端にあざとい笑みを浮かべるイリーナを見て察するに、二人は嘘で自分を陥れようとしているのだろう。

　イリーナが生徒会の仕事を熱心に尋ねてきていたのは、自分を陥れるためだったということだ。実に計画的だ。

(でもこれ、このまま放っておいたら、本当の話になっちゃうやつよね)

個人的な話をしていると言いつつ、会場中が話の内容を聞いている。ちゃんと否定しないと、本当の話として噂が流れてしまう。

（ちゃんと否定しよう）

マリアは息を吸い込んだ。

そして、ペラペラとしゃべるダニエルを遮るように「そんなの出鱈目です」と言おうと口を開こうとして——。

「……っ！」

彼女は目を見開いた。

（……え、口が動かない？）

気が付かないうちに、喉から口元にかけて痺れており、口が開かないし声が出ない。

慌てて喉元に手を当てようとするも、体が棒のようになって動かない。

（こ、これはどういうこと？）

そして、焦るマリアをながめて残酷そうに微笑むイリーナを見て、目を見開いた。

（まさか、さっきの飲み物に何か入っていたということ？）

そう思っている間にも、視界がボヤけてくる。

（ど、どうしよう）

後ろにいるカルロスたちに助けを求めようにも、口も体も動かない。

そして、どんどん目の前が暗くなり――――……

――マリアが、ふと気が付いて目を開けると、彼女は固い何かの上に仰向けになって寝ていた。

目に入ってくるのは、白い空と黒い太陽。

「……えっ！」

マリアは、瞠目《どうもく》してガバッと起き上がった。

横を見ると、そこにあるのは静かに流れる灰色の川と黒い森。

「え！　うそ！　ここ、黄泉の川だ！」

彼女は弾《はじ》かれたように立ち上がった。

自分がここに居るということは、気を失っている状態ということだ。恐らくイリーナたちは、マリアの意識を失わせて、「本当のことを言ったら失神するとは何事だ！」とか言って、自分たちの有利な方向に持っていくつもりなのだろう。

（まずい！　何とかして早く戻らないと！）

マリアは、足元の小石を跳ね飛ばしながら河原を全力で疾走し始めた。何とか出口のようなものはないかと走り回る。

しかし、以前と同じく、戻れるようなものは何も見当たらない。

(どうしよう……)

そして、息を切らして立ち止まっていた、そのとき。

「マリアさん!」

後ろから大きな声が聞こえてきた。

マリアは目を見開いて立ち止まった。

驚いて振り返った彼女の目に映り込んだのは、水色の髪と瞳の美しい少女――シャーロットだった。どうやら走って来たらしく、肩で息をしている。

「シャーロット!」

マリアは出口を探していたことも忘れ、彼女に駆け寄った。

「ど、どうしてここに? 何かあったの?」

「わたくしは、毎日ここに来ておりましたわ。マリアさん、わたくしが出した手紙をご覧になってお越しになったのではないのですか?」

彼女の話によると、一カ月ほど前に、とある種類の花の香りが黄泉の川の滞在時間を長くするということがわかり、毎日黄泉の川に来てマリアを待っていたらしい。

マリアは温かい気持ちになった。

「ありがとう。一生懸命戻ろうと頑張ってくれていたのね」

シャーロットが苦しそうな顔で目を伏せた。

「……わたくし、マリアさんに謝罪しなければならないことがあるのです」

「え？　謝罪？」

「はい。三カ月くらい前、折角タナトスまで来て下さったマリアさんに、わたくし、声を掛けられなかったのです」

彼女の話によると、マリアとカルロスが馬車に乗り込む所を見たのだが、どうしても声を掛けることができずに見送ってしまったらしい。

「わたくし、とても後悔して……。本当に申し訳ないことをしてしまいました」

シャーロットが、何度も頭を下げる。

そんな彼女を、マリアは同情の眼差《まなざ》しで見た。

（きっとこの子も、わたしと同じように悩んだのね）

マリアは、息を大きく吸い込むと明るく笑った。

「シャーロット、顔を上げて。わたしも色々あったから気にしないで。あの時はきっと戻るべき時じゃなかったのよ」

そして、マリアは、はたと思い出して目を見開いた。

（そうだ！　パーティで大変なことになっていたんだ！）

彼女は、俯くシャーロットの肩を掴んで叫んだ。

「思い出したわ！　今大変なことになっているの！　あの王子様とイリーナが……」

「え？　え？」

目を白黒させるシャーロットに、マリアは早口で事情を説明し始めた。

ダニエル王子から、イリーナをいじめたという大嘘で断罪されたこと。イリーナに飲まされた飲み物に何か入っていたらしく、口が聞けなくなって意識がなくなったこと。気が付いたらこの場所にいたこと。

マリアの話を、シャーロットが真剣な顔で聞く。

そして説明が終わると、マリアが申し訳なさそうに言った。

「ごめんなさい。わたしが迂闊《うかつ》だったわ。まさかイリーナが嵌《は》めるために仲良くしてきただなんて思わなくて」

シャーロットが、静かに首を横に振った。

「どうか謝らないで下さい。悪いのはイリーナですわ」

「……でも、嵌められたのはわたしの責任だから、出来ることなら戻りたいとは思っているのだけど……」

マリアが目を伏せた。

あの状況は、言いたいことを我慢してしまう性格のシャーロットには厳しい気がする。できるのであれば、自分が戻ってケリを付けたいと思うが、果たして戻る体を選ぶことができるのだろうか。

悩むマリアを、シャーロットが感謝の目で見た。

「ありがとうございます。マリアさん。……でも、大丈夫ですわ。わたくしが戻ります」

心配そうなマリアに、シャーロットが微笑んだ。

「実はわたくし、サラさんに相談したのです。『自分には、親に決められた不実な婚約者がいて、結婚させられそうになっている』と」

「そうなの？」

「はい」と、シャーロットがクスクスと笑った。

彼女曰く、サラはとても同情したらしい。

「サラさんが、おっしゃってくれたのです。『まずは父親と話し合いな。それでも駄目だったら、うちに逃げておいで。あんたならいつでも大歓迎だよ』って」

さすがはサラ母さんだわ！　と思いながら、マリアはシャーロットの手をとった。

「そうよ！　その手があったわ！」

「……マリアさんも歓迎してくれる？」

やや不安そうなシャーロットに、マリアは勢いよくうなずいた。

「もちろん！　大歓迎よ！」

シャーロットは「ありがとう」と目を潤ませると、マリアの手を握り返した。

「だから、わたくしは大丈夫です。いざとなれば帰る場所がありますし、信じてくれる人たちがいるのですから」

彼女の強い瞳を見て、マリアは思った。この子はきっともう大丈夫だ。

と、そのとき。

二人の体が、ふわりと浮かび上がった。左右の空から、

【マリア！】

【シャーロット！】

という声が降ってくる。

そして次の瞬間。何か見えない手のようなものが、マリアを摑んで、グイッと右側
——【マリア！】という声がする方向に引っ張った。

マリアの体が、ものすごい勢いで吹っ飛ぶ。

シャーロットも同様で、【シャーロット！】と呼ばれている方角に、後ろ向きに吹っ飛ばされている。

（わたしたち、戻るのね）

すごい勢いで上空に飛ばされながら、マリアは遠ざかるシャーロットに向かって大声で叫んだ。

「シャーロット！　がんばれ！　負けちゃだめよ！」

そう叫びながら、空に吸い込まれていくマリア。

シャーロットが、飛ばされながら懸命に手を振る。

＊

そして気が付くと。シャ、シャ、シャーロットは、自分がどこかに立っていることに気が付いた。

周囲から人々のざわめきが聞こえてくる。

俯いたまま、ゆっくりと瞼を開けると、視界にドレスのスカートが目に入る。

それをながめながら、シャーロットはぼんやりと思った。わたくし、戻ってきたのだわ、と。

——そのとき、前方から男性の横柄そうな声が聞こえてきた。

「シャーロット・エイベル、聞いているのか？」

顔を上げると、そこに立っていたのは、ダニエル王子とイリーナだった。

久々に自分を虐げていた二人の顔を見て、シャーロットは思わず肩をビクリとさせる。過去にされた酷い仕打ちや、投げつけられた暴言の記憶が心の中に浮かんできて、足が震えそうになる。

以前だったら恐怖に埋め尽くされ、黙って俯くことしかできなかっただろう状況だが、彼女は何とか自分を奮い立たせると、顔を上げて答えた。

「……はい、聞いております」

ダニエル王子が、わざとらしくため息をついた。顎を上げて威圧するように彼女を見下ろす。

シャーロットの心が恐怖で震えた。思わず「申し訳ありません」と頭を下げそうになる。

しかし、彼女はそんな自分を必死で止めた。そんなことをしてしまえば、マリアがこちらでしてきたことを全て否定することになる。

(ダメよ、シャーロット、がんばりなさい)

彼女は必死に自分を鼓舞すると、震える心を落ち着かせようと息を吐いた。状況を正確に把握するために、軽く目をつぶって自分の中にある過去の記憶を探ると、そこにはマリアが一生懸命がんばっている姿があった。

(マリアさん、本当にがんばっていてくれたのね……)

脳裏に、マリアとして過ごしたタナトスでの優しい日々や、サラの温かい言葉、コレットの無邪気な笑顔などが浮かんでくる。

(……わたくし、負けない)

彼女は決心したように目を開けると、ぐっと背筋を伸ばした。息を小さく吐くと、微笑みながら口を開いた。

「……恐れながら、殿下に一つ申し上げたいことがございます」

「ふん、なんだ」

嘲笑《あざわら》うように目を細めるダニエルと、いやらしく片方の口の端を持ち上げながら、馬鹿にしたような顔をするイリーナ。

(……不思議ね。前よりも怖くない)

自分を支えてくれているマリアと宿屋の家族たちに心から感謝しながら、シャーロットが口を開いた。

「それでは申し上げます。――出鱈目を言うのはお止めください」

「……なっ！」

予想していなかった言葉に、ダニエルとイリーナが呆気にとられる。

生徒たちも、淑やかなシャーロットからは想像もつかないハッキリとした物言いに、驚きの表情を浮かべる。

シャーロットは「マリアさん、わたくしがんばるわ」とつぶやくと、ダニエル王子とイリーナを静かに見据えた。

「ダニエル様は、わたくしがイリーナさんを虐げ、先週末に彼女を呼び出して頬を打った、とおっしゃっているのですね？」

「……そうだ！」

はっと我に返ったダニエルが、彼女を睨みつける。

シャーロットは、冷静に王子を見返した。

「それは、どなたの証言ですか？」

「イリーナ本人だ、他にも目撃者が複数いる」

「それは確かですか？」

ダニエルがイライラしたように腕を組んで指でトントンと叩いた。

「くどいぞ。シャーロット・エイベル、目撃者は確かにいる」

シャーロットが冷めた顔で口を開いた。

「わたくしは、昨日までの一週間ずっとリディアの街の教会で奉仕活動をしておりました。教会の方に聞けば間違いないと証言して下さるはずですし、王都の城門にも記録が残っているはずです」

ダニエルが、さっと顔色を変える。

シャーロットは、青くなっているイリーナに目を向けた。

「わたくしがいじめを行った証拠はあるのですか？」

「ハンカチが破られました！　ダニエル様から頂いたものですわ！」

「それを、わたくしが破ったという証拠は？」

「そんなもの、イリーナの証言で十分だろう」と、ダニエルが黙れとでも言うようにシャーロットを睨みつける。

シャーロットは、「ひどいものですわね」とつぶやいた。確かに、今までの自分であれば反論などせずに謝ってこの場を収めていた。妙な薬も飲まされたから、反論ができないことを前提にしているのだろうが、それにしてもお粗末過ぎる。

彼女はため息をついた。

「もう出鱈目を並べるのはおやめいただけませんか」

「なんだと！」

「証拠と呼べるものが何も無いではありませんか」

シャーロットはすっと目を細めた。

「大勢の前で騒ぎを起こして嘘を誠にしようとする、殿下の常套《じょうとう》手段ですわね。でも、もう嘘は誠になりませんわ」

「き、貴様！　不敬だぞ！」

動揺しながらも凄むダニエルを見ながら、シャーロットが静かに言った。

「それに、殿下はやりすぎましたわ」

彼女は、近くのテーブルに置いてあった自分の飲みかけのグラスを手に取ると、イリーナを見据えた。

「随分と面白い物が入っているようですわね。意識を失いかけましたわ。これには一体何が入っているのですか？　イリーナ」

イリーナの顔色が一気に青ざめる。

それを見たカルロスが、バッと振り返って鋭い目で観衆を見回すと、会場の奥を指差しながら大声で叫んだ。

「警備兵！　そこのウエイターの男を捕まえろ！　何かを持っているぞ！　捨てさせるな！」

そして、真っ青な顔でシャーロットの持っているグラスを奪おうと飛び掛かってきたイリーナを取り押さえた。

「はなしてよ！　か弱い女性に何をするのよ！」

「か弱い女性は、人に飛び掛からない」

イリーナが暴れる横を、バーバラが「誰か呼んできます」と入口に走っていく。

すぐに会場に騎士服を着た複数の男性が到着し、暴れるイリーナとウエイターの男を取り押さえて取り調べを始める。

そして、ほどなくして。騎士のリーダーと思われる男性が、呆然と佇《たたず》むダニエルに一礼をした。

「殿下、ご同行願います」

「……なぜだ」

「参考人としてでございます。ウエイターの男のポケットから正体不明の小瓶が見つかりました」

「私は何も知らない、関係ない！」

顔を歪めて怒鳴るダニエルに、騎士が申し訳なさそうに言った。

「申し訳ありませんが、これは決まりでございます」

真っ青な顔のダニエルが、暴れるイリーナを連れた騎士と共に会場を出ていく。

それを見送ったあと、騎士がシャーロットに頭を下げた。

「シャーロット・エイベル様、お手数ですが、ご同行願えますか」

「はい、もちろんですわ」

シャーロットが穏やかにうなずく。そして後ろを振り向くと、心配そうな顔で立っていたカルロスに微笑んだ。

「ありがとうございます、わたくし行きますわ」

「……ああ」

「本日は本当に助かりましたわ。バーバラ様が戻っていらっしゃいましたら、お礼を言っていたとお伝えくださいませ」

「……わかった」

シャーロットが、失礼致しますと立ち去っていく。

その後ろ姿を、カルロスが戸惑った顔で見つめていた。

シャーロットが騎士と共に学園を出て、少しして。

◇◇◇

眼鏡をかけた青年が、門番に愛想よく挨拶をすると、足早に学園の門を出た。そのまま近くに止まっていた黒塗りの馬車の扉をノックする。

そして、「入っていいぞ」という声と共に扉を開けると、中には髭の中年男性が座っていた。手には隣国の貴族の証《あかし》である百合《ゆり》の紋章がついた杖《つえ》を持っている。

青年は「失礼します」と男性の向かいに座ると、御者に「出発してくれ」と伝える。

そして、馬車が走り出すと、低い声で報告した。

「……予想通りの結果に終わりました」

髭の男性が、やれやれといった風に背もたれに寄りかかった。

「やはり奇跡は起こらなかったか。少量とはいえ、アレを渡したのは失敗だったな」

「どうされますか」

男性が肩をすくめた。

「まあ、逃げるしかないだろうな。準備をしておいて正解だった」

そして、ふと思い出したように尋ねた。

「港町の宿屋にいるとかいう、蒼紫眼《そうしがん》の娘はどうなった」

「あれから何度か様子を見に行っておりますが、ごく普通に生活をしています」

「例のチョコレートは確かに食べたのか？」

「はい。母親曰く、家族みんなで食べたそうで、とても美味しかったとお礼を言われました」

男性は苦笑した。

「そうか、礼を言われてしまったか。ということは、件《くだん》の娘ではなさそうだな」

「はい。件の娘であれば、あれを食べて無事で済むはずがありません」

男性がため息をついた。

「そうだな。こちらもまた一からか。難儀なことだ」

二人を乗せた馬車が、冷たい風が吹く貴族街を走り抜ける。

この日以降、王都で彼らを見た者は誰もいなかった。

エピローグ　宿屋の看板娘マリア

マリアが元に戻ったその日、宿屋は大騒ぎだった。

ディックとサラ、コレットの三人は、涙を流して喜んだ。表に出さなかったものの、心配で仕方なかったらしい。

その日の夕食はディックが腕によりをかけて作ったマリアの好物で、彼女は涙を流しながらお腹が苦しくなるまで食べた。

王都でどんな生活をしていたのかと尋ねられ、「お嬢様として生活していた」と答えると、ディックとサラに大笑いされた。

また、シャーロットは無事かと心配そうに尋ねられて、「絶対に大丈夫」と答えた。黄泉の川で会った彼女であれば、きっと上手くやったに違いないと思ったからだ。

戻った翌朝から、マリアは以前と同じように生活を始めた。

ディックの仕込みの手伝いをして、お客様を愛想よく送り出し、市場に買い物に行く。市場のおじさんから、「妙に淑やかで悪い物でも食べたのかと思った」と言われたが、その他は特に違和感もなく、本当に以前と同じだ。

（まるで夢でも見ていたみたい）

ただ、何の変化もなかったということはなく、変わった点が二つあった。

一つは、自分がシャーロットとして学んできた知識や見識を応用し始めたことだ。

シャーロットの作った帳簿を更に改良して計算しやすくしたり、客に聞かれて答えていた宿泊代や食事代を、壁に掛けた黒板に書いておくようになった。

また、本を読むのが楽しくなり、教会の図書スペースから小説本などを借りてきては読むようになった。

（王都でたくさん本を読んだお陰ね）

そして、もう一つの変化は、真面目に将来のことを考え始めたことだ。

前は漠然と「宿屋で働く」くらいしか思っていなかったが、今は、いつまでどう働くのか、その後どうするのか、なども考えるようになった。

（カルロスやバーバラもちゃんと考えていたのだもの。わたしも考えないと）

入れ替わり前は興味もなかった進学についても、前向きに検討し始めた。

卒業研究を進めている時に、彼女は魔法の新たな可能性について興味を持った。そして、あの分野を研究すれば、もっと人々の暮らしが豊かになるのではないかと考えるようになった。

調べたところ、学校によってはそういった研究もできるようで、かなり興味を持っている。

王都で出会った人たちのこと——特にカルロスのことは、よく思い出した。何度かばったり会う夢を見たりしたが、その度にマリアはブンブンと頭を振ってなるべく考えないように努めた。思い出しても苦しくなるだけだと思ったからだ。

そして、マリアが元の体に戻って、約三カ月後。

春を感じさせる風が心地良い、すっきりと晴れた朝。

宿ふくろう亭の入口で、エプロン姿のマリアが、出発する人たちを笑顔で見送っていた。

大きな荷物を背負った商人たちが、笑顔で手を振った。

「マリアちゃん、また寄らしてもらうよ」

「お世話になったね。また来るよ」

マリアが、「また来てくださいね！」と笑顔で手を振り返す。

彼らの姿が見えなくなると、彼女は、キラキラ光る青い海をながめながら大きく伸びをした。

「うーん、今日もいい天気ね」

宿の中に入り、彼女はいつも通り精力的に仕事を始めた。部屋を掃除して、床を掃き清めていく。

そして、やるべきことが終わり、教会に本の続きを借りに行こうかと考えていた、そのとき。

「……失礼致します。こちらにマリアさんはいらっしゃいますか」

玄関に一人の男性が現れた。良い服を着て、肩から金色の紋章の付いた立派な革鞄を下げている。

「……マリアはわたしですが」

あの紋章どこかで見たことある気がするわと警戒しながら応対すると、男性がメモを取り出した。メモを見ながらマリアをジッと見る。そして「間違いないですね」とつぶやくと、一通の手紙を差し出した。

「シャーロット様よりお手紙をお預かりしています」

「……っ！」

マリアは目を見開いた。

呆然と手紙を受け取り、書類に受け取った旨サインをする。

そして男性が立ち去った後、そういえばあの紋章はバーバラのお姉さんの家のものだわと思い出しながら、手元の手紙を見つめた。

宛先にはマリアの名前、差出人には『C』と書いてある。

(伏字で書いてあるということは、他に見られない方が良いということかもしれない)

マリアは素早く手紙をポケットにしまった。買い物袋と財布を持って厨房に向かう。

そこにいたサラとディックに、何気ない風に声をかけた。

「ちょっと出てくるわ。何かついでに買ってくるものはある？」

「大丈夫だ、ありがとよ」

「ゆっくりしておいで」

二人に見送られながら、マリアは宿を出た。

青い空の下、逸《はや》る気持ちを抑えて、なるべくゆっくり坂道を下る。

そして歩くこと、しばし。マリアは船着き場に到着した。

木陰にあるベンチに腰掛けると、ポケットから封筒を取り出す。震える手で封を開けると、二つの手紙の束が入っていた。一つには「皆様へ」、もう一つには「マリアさんへ」と書かれている。
自分の名前が書いてある方を開けると、美しい字でこんなことが書かれていた。
『親愛なるマリアさんへ
お元気ですか。わたくしは元気にしております。
本当はもっと早く手紙を書きたかったのですが、例の件もあり、なかなかペンを執ることができませんでした』
手紙は、慎重なシャーロットらしく、人物の名前が頭文字で書かれるなどの工夫がされていた。そして、そこには年末パーティの顚末《てんまつ》が書かれており、その内容は、マリアが想像もしなかったことだった。
『E《イリーナ》に飲まされた飲み物の中には、魔力香と類似した成分が入っていました。かなり特殊なもので、隣国との戦争中に使われたものと同じ可能性が高いそうです』

聖属性持ちを減らすために開発されたもので、他属性が飲んでも何ともないが、聖属性持ちの人間が口にすると、最悪死に至る危険なものらしい。

イリーナを尋問したところ、その薬の出どころは義母で、義母は取り調べに対して、「隣国出身の友人から入手した」と白状したらしい。

その後、騎士団がその友人宅の家に行ったものの、家はもぬけの空。何一つ残っていなかったようだった。

ちなみに、シャーロットが最初に倒れるきっかけになった茶葉も、その友人からのものだったらしい。詳細は調査中だが、同一成分が含まれていたと推測されており、隣国との絡みも含めて慎重に捜査が進められているようだった。


マリアはため息をついた。

まさかそんな大事件になっているとは思わなかった。

(シャーロットが何ともなくて良かった)

また、手紙にはイリーナとダニエル王子についても書いてあった。

『D《ダニエル》は、薬を使うとは聞いていなかった、と主張したそうです。また、「C《シャーロット》に制裁を加えるべきだと思った」「そもそも自分を怒らせたCが悪い」と言っていたようです。

また、Eは、言っていることが支離滅裂で、誰も理解できない状態とのことでした』

手紙には今後のことが書かれていた。

『Dは、療養ということで地方に行く予定で、もう王都に戻ることはないそうです。婚約も解消されました。

Eとその母親は、厳罰を免れないでしょう。父親の方も、監督不十分ということで罪に問われています。E家《エイベル公爵家》自体も、何らかの処分を受けることになるでしょう』

手紙には他にも、兄ががんばっているお陰で父がいなくてもどうにかなっていることや、シャーロットの現状が書かれていた。

『今は例の件で忙しい毎日を過ごしていますが、落ち着いたらこれからについてゆっくり考えたいと思っています。タナトスで暮らしたことで、わたくしは自分が想像する以上に人生は多彩で自由だということを学びました。また、皆様の愛情に触れ、自分も温かい家庭を持ちたいと思うようになりました。

もしも父が当主のままであれば、すぐに他の婚約を決められたのでしょう。でも、兄は好きにしていいと言ってくれました。

これからは、自分の人生は自分でしっかり考えていきたいと思っています』

マリアは口角を上げた。シャーロットが自分の足で歩き始めたことが伝わってきて、本当に良かったと目を潤ませる。

手紙には他にも、ララや他の使用人たちは元気なこと。学園にはほとんど行けていないが、卒業研究が最優秀賞に表彰され、特許を取得したこと。そして生徒会の二人の進学先が無事に決まったことなどが書かれており、最後にはこう結んであった。

『本当なら、わたくしが直接そちらに出向いてお話しさせて頂きたいところでしたが、例の件の捜査が山場を迎えており、しばらく動けそうにありません。でも、何とか夏ごろにはそちらに伺いたいとは思っておりますので、詳しい話はその時にお話しさせて下さい。

ご家族の皆様にも手紙を書きました。同封いたしますので、お渡し頂けると幸いです。

それでは、また。　あなたの友Cより』

手紙を読み終わったマリアは、顔を上げた。

遥《はる》か水平線のかなたの青い空に、白い雲が浮かんでいるのが見える。

その雲をながめながら、彼女は小さくつぶやいた。

「……遠い昔のことみたい」

ほんの三カ月前の出来事なのに、もう何年も経ったような気がする。懐かしいような、切ないような、そんな気持ちだ。

「……最後、みんなと、ちゃんとお別れしたかったな……」

脳裏に浮かぶのは、ララを始めとした使用人たちや腹黒な兄、真面目そうなバーバラ。そして、明るく笑うカルロス。

「最後、ダンスしたかったな……」

マリアは空を見上げた。

カルロスと庭の林でベーコンエッグやタルトを食べたことや、魔力制御の練習に付き合ってもらったこと、冗談を言い合って笑い合ったり、馬車で旅行したことなどを思い出し、ため息をつく。

そして、再び水平線に目を向けながら、小さくつぶやいた。

「あんな人、もう一生会えないだろうな……」

マリアは苦笑いした。

(離れてから自分の気持ちに気が付くなんて、ちょっと遅いよね。……まあ、早く気が付いたところで、どうにもならなかったけど)

彼女はため息をついた。

会いたいなと思う。会いに行きたいとも思う。でも、たとえ会ったとしても、むこうはこっちのことなんてわからないだろうし、平民の自分では、上位貴族であるカルロスに話しかけることもままならないだろう。

「……忘れないと」

彼とは縁がなかったのだと自分に言い聞かせながら、彼女は手紙に目を落とした。

もう二度ほど読んで、何度目かのため息をつく。

そして、ぼんやりとベンチに座って海をながめること、しばし。

そろそろ宿屋に戻ろうと、手紙を封筒に入れていた、そのとき。

「シャーロット！」

突然前方から若い男性の声が聞こえてきた。

長らく呼ばれていた名前につい反応して顔を上げ、彼女は一瞬混乱した。今の自分はマリアだから、シャーロットとはきっと別の誰かを呼んだのだろうと考える。

そして、前方にいる声の主であろう長身の男に目を留めて、彼女は思わず息を呑んだ。

「カ、カルロス！」

無造作な金髪に楽しげな青色の瞳、整った顔立ち。それは王都にいるはずのカルロスであった。

マリアは思わず立ち上がった。何か言おうと口を開けるが、驚きのあまり声が出ない。

カルロスがゆっくりと近づいてくる。そして、少し距離を取ってマリアの正面に立つと、嬉しそうに笑った。

「久し振りだな、元気だったか？」

「ひ、久し振りって、一体、ど、どうして？」

目を白黒させるマリアに、カルロスが微笑んだ。

「シャーロット嬢に聞いたんだ」

彼は、元に戻ったシャーロットに強い違和感を覚えたらしい。

「まるで別人のようだったからな」

そして、これは別人に違いないと追及した結果、最初は否定されたものの、最終的に「実は、タナトスに住む女性と中身が入れ替わっていた」という話をされたらしい。

「それで、矢も楯《たて》もたまらず飛んできた、という訳だ」

「え、その話、いつ聞いたの？」

「三日前だ」

「三日前!?」

カルロスが、馬を走らせてきた、と涼しい顔で言う。

マリアは混乱しながら口を開いた。

「ど、どうして、わたしが船着き場《こ こ》にいるってわかったの？」

「わからないが、ここに君がいる気がした」

「どうして、わたしってわかったの？」

カルロスが微笑んだ。

「どうしてだろうな。見てすぐにわかった」

マリアは赤くなった。驚きが消え、心の奥から嬉しさがジワジワと湧いてくる。

しかし、彼女は目を伏せた。

「会いに来てくれたのはすごく嬉しい。……でも、わたし、平民よ。外側が公爵令嬢だった時とは違うの」

カルロスが真面目な顔で言った。

「俺もここに来る途中に考えた。俺は、シャーロット嬢に入っていた君のことが本当に好きで、会いたくてたまらなかった。でも、それは君の外見がシャーロット嬢だったからじゃないかと」

マリアは黙ってうなずいた。それは正に彼女が気にしていることだ。

カルロスが微笑んだ。

「でも、こうやって会ってみて確信した。俺はずっと君のことが好きだったんだ。君に逢《あ》いたくて、ここに来たんだ」

カルロスの嘘偽りのない真摯な瞳が、マリアを射貫《いぬ》く。

彼女の視界がぼやけた。温かいものが胸の奥からこみ上げてくる。

カルロスが跪《ひざまず》くと、片手を胸に当てて微笑んだ。

「改めて名乗らせてくれ。俺の名は、カルロスだ」

「……わたしの名前は、マリアです」

恥ずかしそうに名乗るマリアに、カルロスが嬉しそうに目を細めた。

「ああ、君にぴったりだ。――マリア、会えて本当に嬉しい」

「……わたしもよ、カルロス」

潮の香りがする春風に吹かれながら、手を取り合って微笑み合う二人。

青い海が、二人を祝福するように美しく輝いていた。

あとがき

こんにちは、はじめまして。優木凜々《ゆうきりんりん》と申します。

この度は本作を手に取りお読みいただきまして、ありがとうございます。

あとがきということで、この物語を書いた切っ掛けのようなものを書いていきたいと思っております。

ずいぶん前の話になりますが、わたしは長野県の美しい森の中にある小さなペンションに泊まったことがあります。

北欧風の可愛《かわい》らしい建物で、部屋の数は確か八つほど。仲の良さそうなご家族が経営されているせいか、とてもアットホームな雰囲気でした。

部屋も清潔でご飯もおいしいなど、とても心地の良《い》いところだったのですが、特に素晴らしかったのは、お手伝いをしていた娘さんの気遣いです。

恐らく高校生くらいであろう彼女は、ニコニコしていてとても感じが良い娘さんで、近くの日帰り温泉までの近道を案内してくれたり、夜寒いかもしれないと毛布を持ってきてくれたりと、こちらが快適に過ごせるようにと気を遣ってくれました。

彼女と彼女の家族のお陰でとても快適な一晩を過ごし、翌朝大満足でチェックアウトをした訳ですが、そこで事件が発生しました。

玄関を出た先で、突然猫の喧嘩《けんか》が始まったのです。

喧嘩を始めたのは、まだら模様の大きな猫と茶色の小さな猫で、どうやら小さな猫が咥《くわ》えている何かを大きな猫が奪おうとしているようでした。

両猫とも毛を逆立て目をランランとさせすごい迫力なのですが、体格差がかなりあることもあり、その展開はかなり一方的なものでした。

わたしは驚き固まりました。猫の本気の喧嘩など見たことがなかったからです。食べ物を取られそうになっている小さい方の猫がかわいそうだと思うものの、どうしたものかとオロオロしていると、娘さんが出てきました。

彼女は果敢に暴れ回る猫たちに近づくと、身を挺《てい》して二匹の間に割って入り、大きな猫を睨《にら》みつけたのです。

「こら！　また！　いじめちゃだめ！」

そんなことを言っていた気がします。

大きな猫は彼女に睨まれて退散し、小さな猫は無事に自分の食べ物を守ることができました。

彼女が「よかったね」とニコニコしながら茶色の猫を撫《な》でるのをながめながら、わたしはとても感心しました。自分がオロオロして何もできなかったのとは対照的に、小さな猫を守った彼女がとても格好良く見えたからです。

その後、彼女と別れを告げて自宅に帰ったのですが、わたしは彼女のことをずっと覚えていました。猫の動画を見るなど、ふとした拍子に思い出し、あの時の彼女は格好良かったなと思ったりしました。

だから、「入れ替わりの話を書こう」と思い立ったとき、すぐに彼女が浮かびました。

彼女が主人公になったら、明るくて爽快な話が書けそうな気がしたからです。

そこからわたしは物語について考えていきました。

舞台は、以前行ったことのあるブーゲンビリアが美しく咲き乱れる坂の多い港町で、彼女はそこにある小さな宿屋の娘マリア。親切な働き者で、優しい父母と、年の離れた可愛らしい妹がいる、など。不思議なくらいするすると決まっていきました。

マリア像がするすると決まったせいか、彼女が入れ替わる先であるシャーロットについても非常にスムーズに決まりました。シャーロットという名前も含めていつの間にか決まった感じです。

物語を書き始めてからも、二人はとても自然に動いてくれました。この物語は、わたしが書いたというよりも、二人ががんばってくれたという言葉がぴったりだと思います。

そんな風に出来上がった本作が、ありがたいことに本になりました。お読み頂いた皆様には、感謝しかありません。

最後に、丁寧な指導をして下さった編集者様、涙が出そうになるほど素晴らしいイラストを描いてくださった前田《まえだ》ミック様、その他、関わって下さったすべての皆様に、この場を借りてお礼を申し上げます。

それでは、またの機会にお会いしましょう。

二〇二四年　優木凛々

＜初出＞

本書は、「小説家になろう」に掲載された『宿屋の看板娘、公爵令嬢と入れかわる』を加筆・修正したものです。

メディアワークス文庫

宿屋《やどや》の看板娘《かんばんむすめ》、公爵令嬢《こうしゃくれいじょう》と入《い》れかわる

優木凛々《ゆうきりんりん》

2024年11月25日　初版発行

発行者　山下直久
発行　株式会社**KADOKAWA**
〒102 - 8177　東京都千代田区富士見2 - 13 - 3
0570-002-301（ナビダイヤル）
装丁者　渡辺宏一（有限会社ニイナナニイゴオ）
印刷　株式会社暁印刷
製本　株式会社暁印刷

ISBN978-4-04-915834-2 C0193

メディアワークス文庫　https://mwbunko.com/

本書に対するご意見、ご感想をお寄せください。

あて先
〒102-8177　東京都千代田区富士見2-13-3
メディアワークス文庫編集部
「優木凛々先生」係